転移先は薬師が少ない世界でした2

饕餮

Toutetsu

RB

レジーナ文庫

登場人物紹介
リン（鈴《すず》原《はら》優《ゆ》衣《い》）
神様のうっかりミスで異世界に転移した元OL。
チートな調薬スキルを活かして、
薬師としてポーション屋を営んでいる。
スミレ
凶悪な蜘蛛の魔物である
デスタラテクト。
ダンジョンでリンと出会う。
エアハルト
ガウティーノ侯爵家の長男。
騎士団に所属しているが、
将来について悩み中。
ラズ
リンのことを気に入り、
従魔となったハウススライム。
ミントをすり潰すのがうまい。

ユーリア
グレイの婚約者。
凛々しい顔立ちをした美人。
グレイ
Sランク冒険者。
かなり腕が立つ。ちょっとキザ。
ユキ
ソラ
ロック
ロキ
狼の魔物である
グレイハウンドの親子。
好奇心旺盛。
シマ
レン
猫の魔物であるビッグキャットの家族。
いつも賑やか。

目次

転移先は薬師が少ない世界でした2　7

書き下ろし番外編
かけがえのない出会い（グレイ視点）　317

転移先は薬師が少ない世界でした2

第一章　騎士団からの依頼

思い返すこと三ヶ月半前。リンこと私——鈴原優衣《すずはらゆい》は、日本で経理の仕事をしていた。八年くらい働いていたけど、ある日会社が倒産してしまって、ハローワークに通うことに。

その帰り道、なにかに蹴躓《けつまず》いて転んだと思ったら、なぜか異世界に辿り着いていた。異世界——ゼーバルシュは魔神族をはじめとして、ドラゴン族や獣人族、ドワーフやエルフ、人族など多種多様な種族がいる世界で、アントス様という神様が管理している。アントス様のうっかりミスで、私はこの世界に落ちてしまったのだ。

どうやら元の世界には戻れないらしい……ということで、日本を管理している神様の一柱であるツクヨミ様を交えていろいろと話し合った。その結果、私には薬師《くすし》の適性があると判明。

私は薬師になることを決意した。

そして……いざポーションを作ってみたら、一般的な薬師よりもレベルの高いポーションができてしまい、チートな薬師になってしまった。

アントス様の影響《せい》で魔神族のハーフになったから、魔力も桁違《けたちが》いに多いのが理由みたい。

そんなこんなで一通り旅の準備をしてくれたアントス様やツクヨミ様に感謝しつつ、私は王都に向かうことに。

その道中で、エアハルトさんという男性騎士と出会い、彼を中心にしてたくさんの人とも出会った。

そのうえエアハルトさんの実家であるガウティーノ侯爵家が後ろ盾となってくれて、自分の店を開くための準備をすることになったのだ。

ラズというエンペラーハウススライムとも出会い、従魔《じゅうま》契約もした。

とっても器用で強くて可愛い子です！

そして開店するまでにダンジョンにも潜ったよ～。

騎士団長さんに許可をもらって、エアハルトさんたち騎士と一緒に、初級や中級ダンジョンにも潜ったし、仲良くなった冒険者――『猛《たけ》き狼《おおかみ》』と、ソロのSランク冒険者カズマさんと一緒に上級ダンジョンにも潜った。

そうして日々薬草集めにあちこち奔走《ほんそう》し、やっと開店に漕《こ》ぎつけたってわけ。

店の名前は『リンのポーション屋』。

口コミのおかげで毎日大忙しだけど、エアハルトさんの家の執事であるアレクさんや双子の姉妹であるララさんとルルさん、ラズも五匹になってお手伝いをしてくれているから大丈夫。

ラズはとっても器用で、触手《しょくしゅ》を使ってポーションの袋づめをしてくれるんだよ？

それを見たお客さんやアレクさんたちも驚いていた。

今日も今日とて、めちゃくちゃ忙しい。

それはとってもありがたいことなんだけど、実は薬草の買い取りが間に合っていなかった。

早めに商人ギルドに発注をかけているとはいえ、薬草が足りなくなるのではないかと心配だし心許《こころもと》ない。

「うーん……商人ギルドじゃなくて、ヘルマンさんたち『猛《たけ》き狼《おおかみ》』に採取依頼を出そうかなあ……」

「それもひとつの手ではございますよ、リン」

悩んでいると、独り言を聞いたアレクさんが後押しをしてくれた。

「そうですよね」

ただ、ヘルマンさんたちはダンジョンに潜っている最中だから、今度店に来たら相談してみようと決め、二階の作業部屋でポーションを作った。

とはいえ、店を始めた以上いきなり在庫を切らすわけにもいかないし……と悩む。

そんなことを考えながらポーションの補充をしているとビルさんが店にやってきた。

ビルさんはエアハルトさんの同僚で、騎士団に所属している。

なにかあったのかな？

「こんにちは、リン。開店おめでとう」

「こんにちは。ありがとうございます。どうされましたか？」

「ポーションの納品のことで、相談に来たんだ」

「でしたら、こちらへどうぞ」

お客さんの対応は、アレクさんやララさんとルルさんにお願いし、スイングドアをすり抜け、ビルさんを奥にある応接間にご案内。

一応、護衛に白いラズがいる。

小さくても優秀で、尚且つ可愛い！　じゃなくて、今は仕事に集中しないと。

席に着いてもらうと、すぐに「開店祝いだよ」と高級な茶葉をふたつくれた。嬉しい！

クッキーと、もらった茶葉でミルクティーを出し、話を聞く。

「さっそくで悪いんだけど、団長からの相談でね。さっきも言ったけど、騎士団へのポーションの納品のことなんだ」

「はい。回数を増やすんですか？」

今は騎士団へ、ポーション百本、状態異常を治すポーション各種を五十本ずつ、毎月一回納品している。

「回数もなんだけど、実は……」

ビルさんによると、団長さんはポーションの他にハイかハイパー系のポーションが欲しいという。

あと、万能薬と神酒《ソーマ》も。

「うーん、現時点だと、万能薬を含めたハイ系以上の上級ポーションの納品は難しいです」

「どうしてかな」

「開店したばかりで上級ポーションの在庫がギリギリですし、薬草の買い取りが間に合っていないからです。今まで納品していたポーション類だけならなんとかなりますけど、団長さんが欲しがっている分を作るには、まず薬草が足りないんです」

「ああ、なるほどなあ。確かにあの人気なら、足りなくなるのも仕方がないか」

今のところ店はなんとかなっているけど、騎士団への納品を増やすとなると、本数によっては確実に供給が足りない。

それに、ぶっちゃけた話、初日の午前中だけで今まで騎士団に納品した分の金額よりも売り上げがあるから、納品しなくても困ることはない。

もちろんそれは、単価が違うから当然だ。まあ、そんなことは言えないけどね。

本数からいえば、騎士団が一番多く注文してくれてるんだからお取引先として大事にしないと。

「とりあえず、現状だと神酒《ソーマ》なら二本、万能薬とハイ系は十本ずつ、ハイパー系は五本ずつなら出せますけど、それ以上となると薬草がまったく足りないんです」

「できれば上級ポーションはその三倍以上は欲しいところだけどね。ポーションなら大丈夫かい？」

「はい。ポーションはお店に出していないので、今まで通りの本数を納品できます」

店では上級ポーションしか扱ってないから、ポーションは騎士団のために作ってるんだよね。

「そうか。なら……また来るから、そのときにポーションは今まで通りの本数を、他はリンが言った本数を試しに納品してくれるかい？　薬草に関しては団長と相談になるけど、用意できたら持ってくるから。なので、どうしても足りない薬草を教えてほしい」

「いいですよ」

親切で言ってくれたのはわかるけど……

必要な薬草といっても、今まで騎士団から買い取ったものしか教えないことにした。たぶん言ったところでわからないだろうし、下手に全部伝えてレシピを教えろと脅されても困る。

団長さんがそうするとは思わないけど、中にはそういうことを言う人もいるだろうし、用心に越したことはない。

信用していないと言ってしまえばそれまでだけど、騎士たち全員を知っているわけじゃないし、余計に用心しないとダメだと思う。

そんなことはおくびにも出さず、話を終えた。

帰り際にビルさんも、「もし僕かエアハルト以外の騎士団の人間が来たら、団長に確認してから対応すると言っていい」と話していたので、私の考えはあながち間違いではないんだろうと思った。

前も他のお店で、権力をふりかざして好き勝手した人がいるんだって。

やだなあ、貴族って。

エアハルトさんたちガウティーノ家の人々や、ビルさんみたいにわかってくれる貴族がいる一方で、他人を利用しようと考えている人もいる。

まあ、この界隈に貴族がくることはないって聞いてるから関わることはないと思うけど、それでも用心だけはしておこう。

内心で溜息をついてまた店の営業に戻ると、あっという間にお昼になってしまった。

うう……忙しすぎて、時間が過ぎるのが早い！

お昼は簡単にすませ、午後の開店に備えて二階でポーションを作る。

「うーん……騎士団への納品が増えるのかあ……」

〈ラズも手伝う！〉

「ありがとう。とっても助かるよ、ラズ」

ミントのすり潰しをラズにお願いしている間に、私はさっさとハイパー系と万能薬を作る。

午前中に一番売れたのがその三種類だからだ。

それが終わり、ラズと話しながら騎士団用のポーションを作っていると、外からエアハルトさんとビルさんの声が。

「あれ？　さっきも来たのにね」

〈どうしたのかな〉

ラズと一緒に首を傾げつつ、一階に行って二人を案内する。

なんだか二人とも、とても申し訳なさそうな顔をしているんだけど……嫌な予感がする。

「リン、実は上級ポーションの納品のことなんだが……」

「さっきリンと話したことを団長に相談したのだけど、やっぱりポーション以外もたくさん欲しいと言われてしまったんだ」

「え……」

「一ヶ月後、特別ダンジョンへ二週間潜る予定なんだが、そこで必要になってしまってな……」

おおう、嫌な予感的中だよ！

「必要な本数は、神酒《ソーマ》は二、三本、多くても五本あればいいそうだ。だが、ハイ系以上と万能薬はどうしても数が欲しいと」

「団長から薬草を預かってきたけど、これで足りるかい？」

ビルさんが麻袋に入った薬草を三つくれた。

それを確認したんだけど、ハイ系二種類は充分間に合うけど、ハイパー系二種類と万能薬、神酒《ソーマ》を作るとなるとまったく足りない。

「えっと……。すみません、これだとまったく足りないです」

「「やっぱり……」」

ビルさんとエアハルトさんはがっくしと肩を落としている。

うーん……これは本格的になんとかしないと。

「うう……やっぱり私が上級ダンジョンに潜らないとダメかもしれません……」

「俺たちが連れていってやりたいところだがな……」

「団長はいい顔をしないんだよ」

「ですよね……」

中級ダンジョンを踏破《とうは》したことで私のランクはBランクに上がったけど、上級ダンジョンに潜るには実力が足りない。いくらエアハルトさんとビルさんが実力者だとしても、私を護りながら上級ダンジョンに潜るのは危険だと思う。

私が団長さんの立場なら許可しない。

それだけ上級ダンジョンに出る魔物は凶悪なのだ。だからこそ前回も、『猛《たけ》き狼《おおかみ》』に護衛してもらって潜ったわけだし。

うーん……これは困った。

「知り合いの冒険者に護衛依頼を出すとなると、私の場合は『猛《たけ》き狼《おおかみ》』とカズマさんぐらいなんですよね。みなさん今はダンジョンに潜っているので、護衛依頼も出せないですし」

「確かに。もう一度団長にかけあって薬草を用意するつもりでいるが、揃えられないかもしれん」

「一ヶ月の猶予はあるんですよね？　ヘルマンさんたちが戻ってくるまで、待っていただけませんか？」

「ああ。それは構わない」

「一週間で戻ってくると言っていたはずなので、帰ってきたら聞いてみます」

今回は北にある上級ダンジョンに潜ると言っていたヘルマンさんとカズマさん。

彼らが戻ってくるまで、納品の話は保留にしてもらった。

そしてさらにもうひとつ話があるとエアハルトさんに言われたんだけど、これは団長さんを交えて話をしたいとのことだった。

夕方にエアハルトさんの家に来てほしいと言われたので不安になりつつ、頷《うなず》く。

その日の夜。

私は店の裏にある、エアハルトさんの家を訪れた。

エアハルトさんと一緒に私を待っていたのは団長さんともう一人……

「久しぶりだね、リン」

「こんばんは。お久しぶりです、侯爵様。後ろ盾になってくださって、ありがとうございます」

なぜかガウティーノ侯爵様までいらっしゃいました！

そしてなんだろう……嫌な予感がする。

「夜分にすまない、父上、ロメオ、リン」

「いや、構わない。確かにこれは重大事項であり、限られた場所でしか話せないことだからな」

侯爵様の言葉に、やっぱり只事《ただごと》ではなかったかと内心恐怖する。

ロメオさん――団長さんも真剣な表情をしているしね。

「そういえば、まだきちんと礼を言っていなかった。リン、我が家を救ってくれてありがとう。それに美味しいお菓子や紅茶の淹《い》れ方まで教えてくれて。茶会や夜会でも評判でな、とても嬉しい」

侯爵様が突然頭を下げたので、びっくりしながらも微笑んだ。

「それはよかったです。他にもなにかありましたら、またお教えしますね。といっても、それほど詳しいわけではないんですけど……」

「いやいや、あれで充分だ。まあ、その際にはまたお願いしよう」

たぶん、またレシピを買ってくれるってことなんだろうなあ。

「リン。悪いんだけど、父上に神酒《ソーマ》をはじめとした上級ポーションを見せてくれないか？実物を見せたほうが、今からする話が進みやすくなると思うんだ」

「いいですよ」

神酒《ソーマ》を含めて今まで作ってきたものを、侯爵様と団長さんに見せた。

後ろ盾になってもらったときにも見せたけど、改めてお願いされると、なにか問題があったんじゃないかとさらに不安になってくる。

本当になんなのかな……ちょっと怖い。

そんな私の心情を察してか、ラズがそっと寄り添ってくれるのがありがたい。

「やはりいいものだな……レベルも最高のものだし。エアハルトが別の後ろ盾を提案するのも納得できる」

団長さんが言うと、エアハルトさんが頷《うなず》く。

「通常のポーションでさえ、我が家の後ろ盾と商人ギルドの保障が必要だと考えました。

上級ポーションも売り始めた今となっては、それだけでは弱いとも感じています」

「そうだね。これなら騎士団としても、リンの後ろ盾になれるだろう」

団長さんの言葉に私は目を見開いてしまった。

「え……」

まさか騎士団まで後ろ盾になってくれるとは思わなかった。

「なんか大事《おおごと》になってませんかね⁉」

「そんなことないぞ、リン。ハイ系はともかく、ハイパー系や神酒《ソーマ》を作れる人間がそれだけいないってことなんだ」

過去の文献によると、昔から高位貴族や王家、商人ギルドは、優秀な薬師の後ろ盾となり、彼らのことを護っていたらしい。

監禁やポーションの悪用を防ぐ意味があるみたい。

強い後ろ盾を得るにはきちんと上級ポーションが作れるか、そのポーションに効果があるか確認が必要になるのだと、エアハルトさんをはじめとしたガウティーノ家の人が説明してくれた。

するると、なにやら団長さんが考えこんでいる。

「父上、やはり王家にも後ろ盾になっていただいたほうがよいのではないでしょうか」

「ふむ……第二王子の腕の件か」

「はい。神酒《ソーマ》があるなら、あれほど酷い怪我《けが》でも治る可能性が高いでしょう。神酒《ソーマ》が有効だと示すことができれば、リンの後ろ盾になっていただけるのでは」

「そうだな」

おうけ……王家⁉　なんて驚いているうちに、どんどん話を進めていく侯爵様と団長さん。

冒険者のために作った上級ポーションだったけど、こんな大事《おおごと》になるくらいなら作らないほうがよかったんだろうか……。

どうしても不安になってしまって、ギュッとラズを抱きしめる。

そんな様子を見たエアハルトさんが、「大丈夫だ」と言って背中を撫でてくれる。

「リン、王家と関わるのは、そなたにとっては面倒なことかもしれない。それでも王家の後ろ盾を得られれば、神酒《ソーマ》の存在が広く知られより多くの者が救われるのだ。そのことは覚えておいてくれないか」

「侯爵様……。はい。肝に銘じておきます」

「ああ。それと、神酒《ソーマ》を陛下に献上したいのだが、構わないか？」

「困っている人を治すためであれば。ただ、王家の私利私欲《しりしよく》には使ってほしくないです。

私は薬師です。だからこそ身分に関係なく、困っている人を助けるためにポーションを作っているので。生意気かもしれないですけど……」

「もちろん、悪事には利用しない。それに、薬師とはそういった志《こころざし》をもつ者が多いのだよ。その点、リンはいい薬師だ」

そんな侯爵様の言葉に、嬉しくなる。少しは自信にも繋がるし。

そんなこんなで話し合いが終わり、予備を含めた神酒《ソーマ》を三本渡した。

「必ず結果を報告するから、数日待ってくれ」

「はい」

そして侯爵様と団長さんは、ガウティーノ家へと帰っていった。

家族や使用人のみなさんにとお土産に渡した、ダンジョン産の果物をたくさん持って。

――最初に出会ったのが、監禁するような貴族の家じゃなくて助かった～！

全員が侯爵様のような貴族だとは思っていない。だからこそ、ある程度信用できる貴族と知り合いになれたのはよかったと思う。


それから三日後。

エアハルトさんを通じて、侯爵様から手紙とプレゼントをいただいた。

「神酒《ソーマ》で怪我《けが》をしていた第二王子の腕が治った。それによって王家からも後ろ盾を得られた」

手紙にはそんな内容が書かれていて、王様と第二王子様からお礼のお手紙と報奨金、シンプルな髪飾りもいただいてしまった。

ずっしりと重い革袋の中身は——白金貨がたくさん詰《つ》まっていた、とだけ言っておこう。

そしてあっという間に『猛《たけ》き狼《おおかみ》』とカズマさんが戻ってくる日になった。

「お疲れ様です」

私が声をかけると、ヘルマンさんはずっしりとした袋を差し出してきた。

「ありがとさん。今回はこれを買い取ってくれ」

「おお、薬草と内臓は助かります！」

ちょうど店内に他のお客さんがいないこともあり、護衛依頼のことを相談する。

「あの、『猛《たけ》き狼《おおかみ》』とカズマさんに、護衛依頼を出したいんです」

「それは構わないが、ずいぶん急だな」

「なにがあったでござる？」

「実は……」

騎士団から上級ポーションの納品を頼まれたけど、薬草がまったく足りないことを正直に話す。

「なるほどなあ。団長も無茶を言いやがる」

「困ったお人でござるな」

ヘルマンさんもカズマさんも、眉間に皺《しわ》を寄せて溜息をついている。

やっぱりSランク冒険者から見ても無茶な要求だったのか～。

「拙者《せっしゃ》はいいでござるよ。ただ、ダンジョンから戻ってきたばかりでござるから、準備も含めて三日から四日は休養したいでござるな」

「ああ。俺たちも構わない。その話はまた後日、休んでからってことでいいか？」

「はい、それでいいです！　戻ってきたばかりでお疲れのところを、すみませんでした」

気にしなくていいと言ってくれたヘルマンさんとカズマさん。ありがたいなあ。

明後日の夕方、冒険者ギルドで話し合うことになった。

買い取った分のお金を二人に渡す。

その後もアレクさんやララさんとルルさん、ラズとひぃひぃ言いながら働いて、時間になったので店を閉めた。

そして二日後の夕方。これから『猛《たけ》き狼《おおかみ》』とカズマさんと、上級ダンジョンに潜る計画を立てることになっている。

集合場所は冒険者ギルド。

一人で行くのは初めてなんだけど、大丈夫かな……。絡まれたりしないかな……なーんて思っていたんだけど、入口でみなさんと会ったので、そんな心配は杞憂《きゆう》に終わった。

小説によくあるテンプレがあるかも……と思っていただけに、ちょっとだけ残念。

一緒に中に入り、冒険者ギルドの一室で話し合いをする。

今いる部屋は小さな会議室みたいな場所で、冒険者たちが合同でダンジョンに潜ったり、今回のように護衛依頼を出した人と話し合ったりするときに使うそうだ。

「今さらなんですけど、本当にお願いしていいんですか？」

「以前も言ったけれど、私たち、もう友達じゃない。遠慮しないで」

「そうやで？」

『猛《たけ》き狼《おおかみ》』の女性メンバー、ローザリンデさんとデボラさんが言ってくれた。

ヘルマンさんたちもカズマさんも頷《うなず》いている。

嬉しいな。そしてみなさん、優しくてカッコいい！

みなさんの意見を聞いて、上級ダンジョンに潜る期間は二週間となった。

ちょっと長いけど、騎士団に納品する数と店の在庫のことを考えると、しっかり薬草を採取したい。

それに、他の上級ダンジョンに潜るためにはレベル上げが必須だし、第十階層まで下りて中ボスを倒せば、行き来が自由にできる魔法陣が出現して、今後の採取が楽になると聞いて長く潜ることを決意した。

うう……店を空けることがとっても心苦しいんだけどね！

本当はエアハルトさんとアレクさんも「一緒に行きたい」って言ってたんだけど、エアハルトさんは同じ時期に騎士団のお仕事で特別ダンジョンの討伐《とうばつ》隊に組み込まれ、二週間はいないそうだ。

そしてアレクさんも私の後ろ盾の件でガウティーノ家のお手伝いをすることになっているらしく、忙しいと言っていた。

「ラズ、いいか？　く・れ・ぐ・れ・も！　リンに無茶をさせるなよ？」

〈うん！〉

エアハルトさんは、ラズにそんな言葉を残して騎士団のお仕事へと向かった。

無茶をさせるなって……信用ないなあ。今まで無茶したことなんかないのに。

それはともかく、今は話し合いに集中しないと。

「リンは採取をするとして、攻撃手段は前と同じか？」

「はい」

私の攻撃手段は【風魔法】のウィンドカッター、そして中級ダンジョン初踏破《とうは》の宝箱から出た大鎌だ。

その大鎌は、私の身長の倍近くの大きさで、鎌の部分も持ち手も真っ黒だ。

見た目はかなり不気味。死神が持っていてもおかしくないかも。

だけど見た目に反してとても軽いし、よく見ると持ち手の上下にはなにか文字のようなものが彫《ほ》られていて、鎌の根元部分にも装飾があっておしゃれ。

そういえば、中級ダンジョンで初めて大鎌を【アナライズ】したとき、いろいろあったな……

大鎌を【アナライズ】で見た情報がこれなんだけど……

【ヴォーパル・サイズ】特殊《アンコモン》
高名な薬師が草刈りに使っていたという大鎌

特殊《アンコモン》ではあるが、成長するといわれている
成長すると伝説《レジェンド》にまでなる少し変わった仕様
薬師が装備した場合に限り、ボーナスあり
薬師が装備した場合：攻撃力＋２００　防御力＋２００

「おおぅ……」

私の呟《つぶや》きに、一緒に潜った騎士たちが不思議そうな顔をしていたっけ。

「見せてくれ」と言われたから大鎌を手渡すと、【アナライズ】で確認した騎士たちは、肩や唇がぷるぷると震えていた。

「く、草刈り……」

「だから、大鎌は薬師専用って……ぶふっ」

「「「「わはははは っ！」」」」

「気になるのはそこなんですか⁉」

突っ込むところはそこなの⁉　攻撃も防御も異常な数値だと思うんだけど……

誰よ、大鎌で草刈りをした薬師は！

確かに間違っていないけど、そこは普通サイズの鎌で草刈りをすればいいだけの話じゃない！

……なんて内心でそんな突っ込みをしつつ、当時がっくりと肩を落としたことまでも思い出してしまった。

とにかく、今は次の上級ダンジョンのことを考えないと。

「あ、そうだ。久しぶりなので、大鎌の動きを確認したいです」

普段使うことがないから、動きに自信がなかったりする。

「久しぶりなら確認したほうがいいだろう」

「そうでござるな。そのときにもう一度連携の確認をしたらどうでござる？」

ということで、ギルドの地下にある訓練場に行って、諸々を含めた戦闘訓練をすることに。

さっそく始めたんだけど……

【風魔法】を使った時点で、呆れたような溜息をつかれた。なんでさー？

「おい、リン……魔法の威力が上がっているじゃねえか。お前さんは冒険者としてもやっていけそうだな。普通、薬師でレベルなどがそこまで高いやつはいないからな？」

ヘルマンさんに突っ込まれたけど、そんなの知らないもん。

レベルを上げろって言ったのはエアハルトさんとアレクさんだと伝えたら、呆れたような表情を浮かべていた。

【風魔法】は攻撃も回復も補助も含めて、ほぼ全部使えるからね、私。

まあ、私は薬師なので魔法ではなく、ポーションで怪我《けが》や状態異常を治しますよ～。

その後、大鎌の動きを練習していたら、いつの間にかスキル【大鎌】を習得していた。

こんなタイミングで習得なんて、普通はあり得ない！　ってヘルマンさんたちが言っていたから、絶対にアントス様の仕業《しわざ》だろう。

私の大鎌の訓練が終わったあとは、私を交えた六人とラズの連携訓練をした。

カズマさんも私たちも『猛《たけ》き狼《おおかみ》』のパーティーに一時的に入れてもらう形になるから、連携訓練は大事。

初級や中級ダンジョンならともかく、上級ダンジョンは練習なしでいきなり連携ができるほど、甘い場所じゃないから。

それほどに強い魔物が出るのだ。

連携訓練をみっちりこなしたところで、明日凄腕《すごうで》の鍛冶《かじ》職人ゴルドさんのお店で会おうと約束をし、解散した。


翌日のお昼に、ゴルドさんのところに行く。

「ゴルドさん、大鎌の剣帯《けんたい》の製作と、点検をお願いします。あと、手入れの仕方も教えてください」

「おう、いいぞ。貸してみろ」

ゴルドさんに渡すと大鎌を見て唖然《あぜん》としたあと、がはははっ！　と笑った。

まあ、草刈りって書いてあるもんね、説明に。

ゴルドさんは草刈りのくだりでひとしきり笑ったあと、【鑑定】の結果を教えてくれた。

「しかし、すげぇ性能だなあ。手入れは必要ないようだ」

「へ？」

「普通の【アナライズ】じゃそういったのは出ないが、俺たち鍛冶《かじ》屋が使う【鑑定】には、はっきりと出てる」

【付与《エンチャント》】で自動修復がついているから、手入れは必要ないそうだ。

うん、それは助かる。そういうのは苦手だし。

それに、この大鎌には使えば使うほど強くなる、ヒヒイロカネという金属が使われているらしい。

だから、魔物を倒して武器自体のレベルを上げてやるといいと、ゴルドさんに言われた。

大鎌の説明にあった〝成長する〟って、そういうことか！

ちなみに上級冒険者にはヒヒイロカネを使った武器や防具を持っている人が多いんだって。

あとは以前買った二本の短剣とウィンドダガーの整備をお願いし、簡単な手入れの仕方を教わった。

私の剣帯は今日中にできるのだけど、ヘルマンさんたちの武器や防具の整備は一日かかるそうなので、今日は一旦解散。

明日は私の店が休みなので、みんなで必要なものを買いに朝市へ行く予定。

ゴルドさんのお店の前で待ち合わせしようと約束して、私は商人ギルドへと足を運ぶ。

これからダンジョンに潜ることを伝えて、薬草や瓶の材料である砂の発注をするためだ。

担当者であるエルフの女性――キャメリーさんにかなりの量を発注し、二週間はダンジョンに潜っていることと、帰ってきたら顔を出すのでそれまでに用意してほしいと伝えた。

量が量だけに、納品まで二週間あることを聞いて、キャメリーさんはホッとしていたっけ。

屋台で晩ご飯を食べ、家へと戻る。

手持ちの薬草でハイポーションとハイMPポーション、万能薬を作り、上級ダンジョンに備えた。

回復は私の役目だから、念のためハイパー系と神酒《ソーマ》も持っていくつもりでいる。

いざとなったらダンジョンで作ればいいしと、私のチートな調薬スキルがバレないように、カモフラージュ用に普通の薬師が使う道具も用意し、さっさと眠りについた。


翌朝、ゴルドさんのお店へ行くと、すでにヘルマンさんたちがいて焦る。

遅れてしまったと謝ったら、「あたしたちが早く来すぎたからいいのよ」とローザさんにも他の人にも言われた。

うう……みなさん優しい人たちばかりだなあ。そういう人たちと知り合えて嬉しいな。

まずは、各々《おのおの》預けていた装備品を受け取って確認した。

特に問題なかったので、みんなで朝市へ向かいます！

乾燥野菜と乾燥キノコ、干し肉とパンを中心に、食材は手分けして持った。

といっても、生野菜とお肉や調味料などは私が持っていくんだけどね。

料理を担当する代わりに、野営《やえい》は免除してもらうので頑張らないと。

二週間分の食材だから腐ったり、足りなくなったりしないか心配だけど、そこは特別なリュックなので安心してる。

それに上級ダンジョンではオークとロック鳥の上位種が出るから、食材が足りなくなったとしても狩ることができるしね。

野菜も採れるし場合によっては現地調達もできそう。

そんなこんなで買い物を終え、お昼近くになったのでみんなでご飯。

その後、準備がすべて終わったので、三日後からダンジョンに潜ることに。出発時間や待ち合わせ場所を決め、解散した。

とっても楽しみ！


店の営業をしつつ日々過ごしていると、あっという間にダンジョン出発の朝になった。

今日から上級ダンジョンに潜るよ～。

今回行く西の上級ダンジョンは、個人ランクBやパーティーランクAとなった冒険者が最初に行くダンジョンだ。

私も一回連れていってもらっているけど、深い階層には行ったことがないので、とても楽しみだったりする。

移動は『猛《たけ》き狼《おおかみ》』が所有している馬車で行うことに。

馬車といっても馬は魔物で、ブラックホースっていう種族なんだって。とても穏やかで、人に慣れているんだとか。

ただし、穏やかだといっても魔物なので危険なことには変わりがないから、むやみやたらに背後から接近しないようにと言われた。

いきなりうしろから近づくと敵とみなされ、蹴飛ばされるらしい。おおぅ……怖い。

御者《ぎょしゃ》は『猛《たけ》き狼《おおかみ》』のサブリーダー、フレッドさん。

気遣いのできるとても優しい人で、寡黙《かもく》。すっごく大きな盾を持っている。

タンクという、魔物を引きつけたりする役目を担当していると、以前言葉少なに教えてくれた。

上級ダンジョンまでは、ブラックホースの脚力で一時間。

フレッドさんが馬車の中で見せてくれたギルドからの依頼票には、魔物の討伐《とうばつ》と薬草、キノコの採取があった。

採取を手伝ってほしいと言われたので、頷《うなず》いたよ。

お世話になるんだし、それくらい、おやすい御用です。

そんな話をしているうちに、西の上級ダンジョンの入口に着く。

馬車やブラックホースは休憩所に預けて、ダンジョンの入口近くにある建物の中へと入る。

ここで潜る予定日数と人数を申請しないと、ダンジョンの中には入れない。

それはどこのダンジョンでも同じで、規定レベル以下の冒険者が勝手に入らないよう、監視の意味合いもあるんだって。

ギルドカードを出し、レベルの確認をしてもらう。

この手続きなしでダンジョン内に入ると、ペナルティーを課せられるそうだ。

ヘルマンさんたちと一時的なパーティー登録をすませ、いよいよダンジョンの中へ。

「わあ……前もそうでしたけど、やっぱり森林なんですね」

「ここは五階までは代わり映えしないんだ。それ以降の階層は川だったり海だったり山だったりと、いろいろある。階層は五十まであるらしいが、過去に二度ほど踏破《とうは》の記録があるだけで、本当に攻略してるのか疑わしいらしい」

「川に海……前回は素通りしてしまったから、今回はお魚が食べたいです！」

「ははは！　魚が食べたいとなると、最低でも六階までは行かないとな。討伐《とうばつ》対象も六階にいるから、ちょうどいい」

「なるほど～、楽しみです！」

ヘルマンさんと話しながら、ダンジョンの奥へと進んでいった。

歩き始めることしばらく。デボラさんが私に尋ねてきた。

「そろそろ、薬草とキノコの採取をしたいんやけど、どうや?」

「ちょっと待ってくださいね」

デボラさんに聞かれて、【薬草探索】のスキルを発動する。

その状態でもう一度採取依頼票を見せてもらい、ひとつひとつ採取対象のものを教えていく。

採取するときにはナイフや短剣で切ったほうが状態がよくなるということも教えた。

依頼の薬草とキノコを採りながら、私も自分が必要とする薬草やキノコを採取していく。

ヘルマンさんやカズマさんによると、採取依頼の薬草やキノコはそのほとんどが第一階層で採れるそうなので、根こそぎとまではいかないけど、たくさん採取するのは第二階層以降にしようと思う。

他に採取依頼を受けた人たちの分がなくなっちゃうからね。

そして他にも食べられる野草や果物があったので、それも採取する。

今回あった果物は、巨峰《きょほう》に似たブドウとアボカド。

ダンジョン内とは思えない食材が集まってきそうで嬉しい。

場合によっては、ダンジョンで採れたもので料理をしよう。

ご飯や休憩をしながら一日かけて第一階層を歩き回り、必要な薬草やキノコを採取したり、戦闘したりした。

第二階層へと下りる階段近くにセーフティーエリアがあるので、今日はそこで一泊です。

セーフティーエリアに向かう途中、ヘルマンさんたちが立ち止まった。

あとちょっとなのに、どうしたのかと思ったら蜘蛛《くも》の魔物がいた。

「ん？　なんだ、あれは？」

「フォレストタラテクト同士が戦っているようでござるな……」

ヘルマンさんの言葉に、カズマさんも首を傾げている。

あの大きい蜘蛛は、フォレストタラテクトっていうらしい。

仲間同士で戦うなんてことがあるの？　そう質問しようとしたら、いきなりみんなが身構えた。

ラズも臨戦態勢《りんせんたいせい》になっている。

「みんな、デスタラテクトだ！　警戒しろ！　全員下がれ！　リンは一番うしろにいろよ！」

「はっ、はいっ！」

ヘルマンさんが指示を出し、私を一番うしろに下がらせた。

そして魔法を使うデボラさんと遊撃《ゆうげき》にあたるローザリンデさんが、私の左右に陣取った。

フレッドさんが盾を持って一番前に行き、そのうしろにヘルマンさんとカズマさんが並ぶという陣形だ。

「あの、デスタラテクトってなんですか？」

状況が掴《つか》めていない私の質問に対して、デボラさんとローザリンデさんが答えてくれる。

「このダンジョンの中層に出る、黒くて小さい凶悪な蜘蛛なんや」

「どうしてこの階層にいるのかしら」

「え……」

中層に出るはずの蜘蛛が第一階層にいるって……大問題なんじゃないのーー!?

私たちの視線の先では、茶色と黄色の五十センチはある蜘蛛――フォレストタラテクトがたくさんと、真っ黒で十センチしかない小さな蜘蛛――デスタラテクトが一匹、対《たい》峙《じ》していた。

外の森なら縄張《なわば》り争いとかなんだろうなってわかるんだけど、種族も違うし、ダンジョン内だから縄張《なわば》り争いじゃないと思う。

デスタラテクトはどうしてここにいるんだろう？

それに、脚が一本ない。他にもお腹のあたりを怪我《けが》しているし、取れかかっている脚もあった。

多勢《たぜい》に無勢《ぶぜい》なはずなのに、どんどんフォレストタラテクトを倒していくデスタラテクト。

その周辺には、ドロップアイテムの蜘蛛糸《スパイダーシルク》と魔石《ませき》、毒腺《どくせん》がたくさん転がっていた。

デスタラテクトはこのダンジョンの中層にいる凶悪な蜘蛛だというのに、私には怖いとは思えない。

日本にいたときに見た蜘蛛に似ているからかもしれない。

ハエトリグモというたくさんある目の中でも大きなふたつの目が特徴的な、とても小さな緑色の蜘蛛。あと、脚が長いアシダカグモ。

それらの蜘蛛は、私が施設にいたとき、栽培していた野菜や花についた害虫を取ってくれていた。

だから怖くないのかも。

むしろ、私にとっては大きな蜘蛛《フォレストタラテクト》のほうが怖いし、鳥肌が立つほど気持ち悪い。

怪我《けが》を負いながらも戦い、とうとう敵を全滅させたデスタラテクトは、ホッとしたのかその場に蹲《うずくま》るように座る。

だけど、ヘルマンさんとカズマさんが剣を構えたことに気づいたようで、ふらふらしながらもその小さな体を起こした。

なんだか可哀想になってしまって、二人を制止する。

「ヘルマンさん、カズマさん、待ってください。怪我《けが》してますよ、あの蜘蛛」

「だからこそ、この場で倒さなければならない。それほど危険な魔物なのだ。それに、中層にいるはずのデスタラテクトが出たとなると、どこから来たのか調査もしなければならない」

「だけど、可哀想です。それに、凶悪な魔物という割に襲ってきませんし……なんか様子がおかしい気がします。もしかしたら迷い込んだだけかもしれないし。確かテイムできましたよね、デスタラテクトって」

「それはできるが……」

ヘルマンさんが言いよどむので、スマホでアントス様情報を見た。

やっぱりデスタラテクトはテイムできるそうだ。もしかしたら……

「最初から後ろ脚がありませんでしたよね。だからそれを理由に捨てられたのかもしれないじゃないですか」

「リン……」

「手当てします」

ヘルマンさんとカズマさんに止められる前に、ハイポーションを出してから、デスタラテクトに近づく。

「なにもしないわ。手当てさせて？」

〈シューッ！〉

威嚇《いかく》してくるけど、飛びかかる元気もないようで、その場から動かない。

それをいいことにラズに護られながら近づき、持っていたハイポーションの蓋《ふた》を開けてデスタラテクトの全身にかけた。

すると、みるみるうちに傷口が塞《ふさ》がり、血が止まる。取れかかっていた脚も、なんとか繋がってホッとした。薬師として見過ごせない怪我《けが》だったからね。

後ろ脚は元に戻らなかった。

それでも傷だらけだった体がすぐに治ったからなのか、デスタラテクトは驚いたように私を見上げてきた。とても大きな目が真ん中にふたつと、その左右に小さな目がふた

つずつ一直線に並んでいる。

その中の大きなふたつの目から、困惑した感情が伝わってくる。

「後ろ脚は別の特別なポーションじゃないと治せないみたい。ごめんね」

〈……〉

「君はどうしてここにいるの？　誰かに連れてこられたの？　それとも、迷い込んじゃった？　って言っても、わからないかあ……。ラズみたいに話せるといいのにな」

そんなことをぼやいていると、ラズが蜘蛛の言葉を伝えてきた。

ラズは魔物と話す能力があるようで、たまにエアハルトさんの家にいるハウススライムや、穏やかな馬の魔物と話をしている。

会話の内容をいつも楽しそうに教えてくれるのだ。

そんなラズ曰く、このデスタラテクトは、以前は森にいたフォレストタラテクトだったけど、テイマーに無理矢理テイムされたそうだ。

仕方なくたくさん戦って進化したけど、体が小さくなったし怪我《けが》をして戦えなくなったからと契約を解除され、この階層に捨てられたらしい。そのテイマーは罰が当たったのか、二日ほど前に一緒にいた冒険者にこの階層で殺されてしまったという。

デスタラテクトの話を聞いたヘルマンさんたちは、一瞬額に青筋を立てたものの痛ましそうな顔をし、黙り込んでしまった。

そのテイマーのことは可哀想だと思うけれど、魔物にも心あるものがいるのだ、ラズのように。

人間の都合で利用するのはダメだと思う。

「そっか。ねえ、君はどうしたい？　ここにいると、また同じ目に遭うかもしれないよ？」

〈シュー。シュシュ〉

〈リンと一緒に行きたいって言ってる。怪我《けが》を治してくれたから、戦ってそのお礼がしたいって〉

「戦ってって……。大丈夫なの？　無理しなくてもいいんだよ？」

〈シューッ！〉

〈大丈夫だって〉

ラズが通訳してくれたけど、本当にいいのかな。

蜘蛛を見ると期待するような、拒絶されるのが怖いような、そんな目をしている。

……くそう、可愛いじゃないか。

そっと手を出せば、嬉しいとばかりにぴょん！　と飛びのってきた。

おお、思ったよりも軽いし、近くで見ると本当に可愛い顔をしていて、なんだか愛着が湧《わ》いてくる。

「うん、いいよ。私は薬師だけど、いいのかな」

〈シュシュッ♪〉

〈薬師なら、護りがいがあるって〉

「ふふ。そう、ありがとう。私はリンって言うの。これからよろしくね」

〈シュー♪　シュシュシュ！〉

〈こちらこそ。名前が欲しいって〉

おおう、名前って……

まさか、前の人は名前をつけなかったのだろうか。

そう思って聞いてみたら、名前すらつけてもらえず、フォレストタラテクトと呼ばれていたそうだ。

それはいくらなんでも酷すぎない？

まさか、他にテイムした魔物にもそんな扱いをしていたのかな……

それも聞いてみたら、その通りだと頷《うなず》かれた。

しかも、魔物が怪我《けが》をしてもポーションが勿体《もったい》ないからと使わず、契約を解除してその場に放置してきたらしい。

……こんなことを言ったらダメだと思うんだけど、そのテイマーが亡くなったのは自業自得だとしか思えなかった。

それから蜘蛛をじーっと眺める。

よく見ると、黒だと思ったら黒に近い紫色だった。ラズによると女の子。

「名前かあ……。うーん、紫……ヴィオレット……スミレ、はどうかな？」

〈シュシュ、シュシュシュシュッ♪〉

〈気に入ったって〉

「そっか、ありがとう。よろしくね、スミレ。……って、なに⁉」

スミレが喜んだ様子を見せた瞬間、足下に魔法陣が現れた。

そして光りながら私とスミレを包み込み、一際《ひときわ》輝いて消えた。

「リン……お前さん、また従魔《じゅうま》を増やしたな……？」

ヘルマンさんの呆れたような声に驚く。

「え……じゅ、従魔《じゅうま》⁉」

まさか、さっきのって、従魔《じゅうま》契約の魔法陣だった⁉

「私、テイムのスキルなんて持ってないですよ⁉」

「スキルがなくても、お互いが合意しているなら契約できるんだよ。ラズのときもそうだったんじゃないか？」

「そういえば……」

ラズと契約したときも魔法陣が浮かび上がったような……

「まあ、元は危険な魔物だが、従魔《じゅうま》になったんなら大丈夫だろう。スミレ、ラズと一緒にリンを護ってやってくれ」

〈シュー♪〉

ヘルマンさんにひょいっと片手を上げて応えるスミレ。

歩くのが大変だろうからとリュックの上にのせようとしたら、私の肩のところに登ってきた。

せっかく従魔《じゅうま》になってくれたのだから、なくなってしまった脚も治してあげたい。

ハイポーションじゃ無理だったけど、神酒《ソーマ》ならできるかも。

それを伝えたら、スミレは嬉しそうに飛び跳ねた。そしてラズも。

可愛いなあ！

「落ちないようにね」

〈シュ〉

ラズのように言葉はまだ話せないようだけど、従魔《じゅうま》になったからなのか、なんとなくなにを言っているのかわかる。

今は、わかったと頷《うなず》いたみたい。

これなら意思の疎通《そつう》も大丈夫だと安心した。

スミレが従魔《じゅうま》になったことで、戦闘がかなり楽になった。というか、ラズとスミレのコンビが凶悪で最凶すぎた。

決して最強ではない。それ以上なのだ。

ラズが触手《しょくしゅ》で魔物を捕まえ、スミレがガブッとひと噛みで一撃とか。

逆にスミレが糸を吐き出して捕まえ、ラズがそれを取り込んで溶かすとか。

ときにはスミレが捕まえたものを私が倒すのだけど、ラズとスミレが喜んでくれるから、私も嬉しくなる。

採取をするときも、ラズとスミレのコンビネーションは抜群。

二匹が楽しそうに話しているのを見るのは癒《いや》される～。

「デスタラテクトがこんなに懐くとはな……」

「主人と認めたら従順になると噂には聞いていたでござるが……」

戦闘を終えてドロップアイテムを拾っていると、ヘルマンさんとカズマさんがそんなことを言ってきた。

私だって驚きだよ。

そして再びセーフティーエリアに向かいながら、亡くなったテイマーのギルドタグを探すことに。それは、ヘルマンさんとカズマさんが話し合って決まった。

ダンジョンで亡くなると遺体はダンジョンに取り込まれてしまうけど、装備品やギルドタグなど、持っていたものはその場に残されるんだって。

もしそれらを見つけたら、冒険者ギルドに報告しないといけないそうだ。

報奨金とかは出ないけど、遺品は遺族に返してあげられるから。

「誰かが拾ってくれていればいいでござるが……」

「まあ、この階層はそこそこの数の冒険者がいるものね。拾われている可能性もあるけれど……」

「そうやな、強盗をする者《モン》でなければええな。Bランクになり立てやとわからんけど」

「ああ。ただ、殺されたっていうのが気になる」

「そうでござるな。そやつが持っている可能性もあるでござる」

恐らくBランクになり立ての冒険者が犯人だろうな、と『猛《たけ》き狼《おおかみ》』とカズマさんが話している。Bランクになったばかりの冒険者は荒くれ者が多いんだって。

人を殺したり、装備品を盗む冒険者もいるのか……と内心で溜息をつきながら、スミレに案内してもらって、テイマーが亡くなった場所へと移動した。

結果的にその場所には装備品などはなかったのだけど、その日の夜にセーフティーエリアで、ギルドから派遣されたというBランク冒険者がテイマーの装備品を持っているのを発見したのだ。

これで一件落着だと思っていたら、ヘルマンさんたちは訝《いぶか》しげな様子でその人を見ている。

すると彼は、私がスミレを引き連れていたからかしつこく絡んできた。スミレが欲しいからテイマーを殺したんじゃないかとまで言ってくる。

だけど、ヘルマンさんたちが冷静に、私は今日ダンジョンに来たところで、さっきスミレと契約したばかりだと反論してくれた。

そしてよくよくその冒険者と話したところ、彼のほうが早くダンジョンに入っていることが判明。私への疑いは綺麗《きれい》に晴れた。

……にもかかわらず彼は、謝罪しないうえに私を含めた女性たちをいやらしい目で見てきた。

なんだかムカつく！

「謝罪もしないなんて最低ですね」

私が言うと、他の女性たちも彼を責める。

「なんなら戦ってもいいわよ？」

「あんたが、Sランクのうちらに勝てるんかいな？」

ローザリンデさんやデボラさんにも言われ、周囲にいた冒険者からも冷たい目で見られた彼は、そそくさとセーフティーエリアから出ていった。

謝罪くらいしなよ！

「あのBランク冒険者、怪しいな……。ギルドに報告しておくか」

「そうでござるな」

「俺がしておこう」

剣呑《けんのん》な様子でヘルマンさんとカズマさん、フレッドさんが話している。

どうしたのか聞いてみると、上級ダンジョンで捜索をする場合、Sランク冒険者が派遣されることが多いんだって。

ヘルマンさんもカズマさんもBランク冒険者が派遣された例を知らないようで、怪しんでいるそうだ。

何者なんだろう……と思ったけど、その後は特になにもなかったので、まずはご飯。

今回は柔らかいパンと、歯ごたえのあるボアのお肉を使った照り焼きバーガーだ。

あと、ダンジョン内でとれたアボカドを使ったサラダと、乾燥野菜とキノコのスープ付き。

他の冒険者が美味しそうな匂いとみんなが食べる様子につられてこっちを羨ましそうに見てたけど、作りませんよ？

私はこのパーティーの料理担当だからね！

……まあ結局材料はあるから教えてほしいと頼まれて、一緒に作ることになった。

お礼として薬草や魔石《ませき》、飴《あめ》をいただいたよ。なんで飴《あめ》……。

そしてご飯が終わり、片づけをする。

これからスミレの脚を治すのだ。

上級ダンジョンである以上、戦闘を避けることはできない。

怪我《けが》をしたままで戦わせるなんてことは私にはできないし、せっかく神酒《ソーマ》を持っているんだから、使わない理由はない。

「スミレ、お待たせ。これからスミレの脚を治すからね」

〈シュー……〉

スミレから本当にいいの？　といった感情が伝わってくる。

「気にしなくていいんだよ～」

もちろんいいに決まってる。

「上級ダンジョンは危険でしょう？　スミレを危険な目に遭わせたくないし、万全な体調でいてほしいんだ。ラズもスミレも、私の家族になったんだから」

前の主人からさんざん酷い扱いを受けてきたんだろう。

ポーションを使われることに、抵抗を感じてしまっているみたい。

私はそんなことしないし、遠慮もさせたくない。従魔《じゅうま》とはいえ、家族になったんだもん。

私は弱いかもしれないけど、それでも二匹を護りたいと思う。

神酒《ソーマ》をスミレの体にふりかけ、念のために少し舐《な》めてもらった。

すると、スミレの体が薄紫色に光った。そして、なくなってしまっていた脚の部分が一層輝く。

光が消えたころ、スミレの後ろ脚は怪我《けが》などなかったかのように、綺麗《きれい》に治っていた。

「スミレ、どう？　痛いとか、なんか変な感じとかする？」

〈シュー……シュッ、シュシュッ！〉

スミレは脚を動かしたり、あちこち動いたりしている。変なところがないか確認をしているんだろう。

しばらくそのまま様子を見ていたら、大丈夫とありがとうという感情が伝わってきた。

「そっか。よかったぁ！　どういたしまして」

スミレは自由に動けるようになったのが嬉しいみたい。ラズと一緒に楽しそうにぴょんぴょん跳ね回っている。

和《なご》むなあ……！

脚が治って嬉しそうなスミレを見ると、薬師になってよかったと思う。

治療が終わったので、もう寝ることに。

ヘルマンさんたちとラズとスミレは、三人交代で野営《やえい》をしてくれる。

「さっさと寝ろよ」とヘルマンさんに言われ、テントの中に入り込んだ。

今回はラズとスミレが入ってこられるよう、入口を半分だけ閉めて寝ることにする。

本当はしっかり閉めていないと危ないんだけど、ラズとスミレがいるから大丈夫。

凶悪だからねー、二匹の連携は。

寝る前に、今日採取した薬草でポーションを三十本ずつ作った。

これだけあったら「売ってくれ！」って突然言われても大丈夫そう！

店を空けていた間にポーションが買えなかった人のことを思うと、胸が痛んでたんだよね……

これで心置《こころお》きなく眠れるけど、それでもダンジョンの中なので、熟睡はできない。

なんて思ってたんだけどなあ……

しっかり熟睡してから起き、朝ご飯を作る準備をする。

今日は試しにおにぎりを振舞《ふるま》ってみることにした。

中身は蕗《ふき》に似た野菜をきゃらぶきにしたもの。

一応ヘルマンさんたちに確認はしたよ？　食べられないようならパンにしますからって。

だけど、食べてみたいそうだ。

「おお、これはいいな」

「腹持ちがよさそうでござる」

「腹持ちはいいですよ？　ただ、おかずによっては食べすぎちゃうのが難点ですね」

みんなお米が気に入ったらしく、すごい勢いでおにぎりを食べている。

それにしても……念のためお米をたくさん持ってきてよかったよ……

冒険者なら絶対に食いつくと思ったんだよね、腹持ちがいいから。

「よし。リン、昼もこのコメってやつで頼む」

「わかりました。ただ、私がお米を調理できることは、できれば内緒にしてほしいです」

この国には、私以外食べ方を知らない食べ物がたくさんある。

私がいろいろ知っていると他の人にバレたら、危険な目に遭うかもしれない。

注意するに越したことはないよね。

そんなこんなで朝食を終え、テントも片づけてから大鎌を背負うと、他の冒険者がざわついた。

大鎌を持っている私に驚いたみたい。

そしてそのうちのひとつのグループが近づいてきた。

いつもポーションを買いにきてくれる、Sランク冒険者の『蒼《あお》き槍《やり》』たちだ。

男性五人のパーティーで、みんないろいろな武器を持っている。

「よう。『猛《たけ》き狼《おおかみ》』にカズマじゃないか」

「よう、スヴェン。今日は浅い階層にいるんだな」

「ああ。怪我《けが》をしたやつが復帰したばかりだからな。それと武器を新調したから、その肩慣らしと訓練だ。お、リンも一緒なのか。パーティーに加入したのか?」

「違う違う。今回はリンの護衛依頼なんだ」

仲良く会話するヘルマンさんと、『蒼《あお》き槍《やり》』のリーダーであるスヴェンさん。

『猛《たけ》き狼《おおかみ》』と『蒼《あお》き槍《やり》』は、拠点が隣同士だからなのか仲が良くて、たまに一緒に組んでダンジョンに潜ったり、ご飯を食べに行ったりしてるんだって。

それにしても、『蒼《あお》き槍《やり》』のみなさんは筋肉がすごい。

ムキムキというか、ガチムチマッチョです。

素敵な筋肉をありがとうございます。眼福《がんぷく》です！

「リンはこんなにちっこいのに、薬師になってるなんて偉いなあ……っていつも思ってたんだよ」

じーっと筋肉を見つめていたら、スヴェンさんに話しかけられた。

「ちっこいって……。これでも成人してるんですよ？」

最終的にはいいこいいこと頭を撫でられ、微笑ましそうな顔をされてしまった。

ぐぬぬ、だから私は成人してるんだってば！

そんな気持ちを込めて、じとっとスヴェンさんを見上げると、彼は私の頭から手を離して尋ねてくる。

「リン、ハイとハイパーポーションを売ってくれねえか？　肩慣らしも終わったし、せめて第五階層までは潜りたいんだが、ポーションだけだと心許《こころもと》なくてな……」

「いいですよ。ただ、お店で売っているときと同じルールになっちゃうんですけど、いいですか？」

「構わない。ありがとな」

上級ポーションを出し、お金と交換する。

昨晩ポーションを作っておいてよかったな〜。

『蒼《あお》き槍《やり》』も第五階層まで行くということで、一緒に戦闘をしたり採取をしたりしながら進んでいく。

そのときに『蒼《あお》き槍《やり》』の魔法使いであるアベルさんが、魔法の効率的な使い方を教えてくれた。

どうやら私は魔法を使うときに魔力を無駄遣いしているらしい。勿体《もったい》ないからと魔力循環と、少ない魔力で威力を上げる方法をレクチャーしてもらった。

「魔力循環とは体内を巡る魔力を意識的にコントロールすることなんです。心臓のあたりを意識して、自分の魔力の流れを感じてみてください」

「はい」

目を瞑《つむ》って流れを感じようと努力するけど、なかなかわからない。

それを察してくれたみたいでアベルさんが私の手を握る。

「これから私の魔力を流します。それを元に、自分の魔力を感じてみてください」

手から温かいなにかが流れてくる。なんていうのかな……春の陽射しのように、ポカポカする。

アベルさんの魔力を辿っていると、徐々に自分の魔力の流れがわかった。

これが魔力循環かとなんだか不思議な気持ちになる。

アベルさんは他人の魔力を感じることができるようで、「その調子です」と教えてくれる。

私がコツを掴《つか》んだ時点でアベルさんの手は離れた。自力で魔力の流れを辿る。

「いいですよ。そのまま魔力を掌《てのひら》に集めてみてください」

うーん、これは難しい。

「えっと……こう、ですか？」

「そうです。お上手ですよ、リン」

アベルさんがアドバイスしてくれたおかげで、すんなりと魔力循環ができた。

今度は魔力を一箇所に集めたり拡散する練習をする。

あ、これってなんだかポーションを作るときに流す魔力の流れに似ている。

そう思ったらあとは早かった。

魔力循環はバッチリです！

それにしてもアベルさん、さすがはSランク冒険者。説明がとてもわかりやすい。

冒険者の間では天才魔導師とも言われているんだって。すごい！

練習が終わったから一度使ってみてほしいとお願いされ、タイミングよく襲ってきたフォレストタラテクトと戦う。

魔力循環を駆使《くし》してウィンドカッターを放った結果、フォレストタラテクトはスパン！　と呆気なく真っ二つになり、光の粒子となった。

おお～、すごい！

今まで以上の威力。

「いいですね。その調子で頑張ってくださいね」

アベルさんは私ににっこりと微笑んでくれる。

「はい！　ありがとうございます！」

魔法の威力が上がり、戦闘がかなり楽になったと、ヘルマンさんたちとカズマさんに褒められ、頭を撫でられた。

ぐぬぬ。

それからレクチャーしてくれたお礼にと、『蒼き槍《あおやり》』のみなさんに簡単な料理を教えつつ、昼ご飯を振舞《ふるま》ったら、いたく感動された。

特に気に入っていたのがお米で、そのおかずやお味噌汁にも頬をゆるめていたし。

だって、全員がすっごい勢いで食べて、おかわりしてたからね～。

そんなこんなで第五階層に到着し、『蒼《あお》き槍《やり》』のメンバーは地上へと戻った。

そして私たちは第六階層へと下りる。

「ふおー……海だ！」

下りてすぐ目の前に広がっていたのは、岩場と砂浜、海だった。

本当に海かと思って水をちょっとだけ舐《な》めてみたら、しょっぱかった。

「ここではなにが採れるんですか？」

「海藻類と魚介類やな。ただ、一部の魚や貝は食べ方がわからんのや……それで人気がないんやで」

デボラさんはそう言って、苦笑いをしている。

「え～？　なんて勿体《もったい》ない。だったら浜焼《はまや》きをしましょうよ！」

「ハマヤキってなあに？」

「採れたての魚や貝などを、すぐに焼いて食べるんです。金網と鉄板を持ってきているので、夕飯は浜焼《はまや》きにしてみますか？」

「「「「やりたい！」」」」

ということで、今日の晩ご飯は浜焼《はまや》きに決定です！

魔物を倒せば魚の切り身が出てくるし、カニの魔物を倒せばハサミと脚、味噌が出る。

他にも、私が知ってるものよりも一回り大きいウニやイカ、タコ、エビも出た。

かつおぶしや昆布やわかめ、大きなハマグリとホタテ、サザエ、アサリなどなど、たくさんの海藻や魚介類が出た。

持って帰りたいから、私も頑張って倒したよ！

ただ、かつおぶしの削り器ってないのかなあ？　あれがないとせっかくなのに食べられない。

見つかるまではナイフで削るか、しまっておこうと決める。

夕方まで頑張って戦闘をこなしたあとセーフティーエリアに移動し、いざ、料理開始！

大きめの竈《かまど》ふたつの上に金網と鉄板をのせる。

実は、バーベキューがしたいと思ったときに使えるよう、ダンジョンに潜る前に金網と鉄板をゴルドさんに作ってもらったのだ。

今度一緒にバーベキューをする約束もしてます。

金網と鉄板が温まった段階で、ホタテ、ハマグリ、サザエと、他にも食材をのせる。

少しずつ周囲にいい匂いが漂《ただよ》ってきて、みんなの喉とお腹が鳴った。

「リン、まだか？」

「まだです。貝は蓋《ふた》が開いたら食べられます。少し口が開いてきたからもう少しです……ほら、開いた。これで食べられますよ」

「「「「おお！」」」」

「熱いので、火傷《やけど》に気をつけてくださいね」

最初に口が開いたハマグリに醤油を二滴ほど垂らしてから、全員のお皿にのせる。

ラズとスミレには殻《から》から外して身だけにし、小さく切ったものをあげる。

「とても熱いから、気をつけるんだよ？」

〈うん♪〉

〈シュー♪〉

ハマグリを食べている間にエビとカニをひっくり返す。

イカは切り目を入れて丸まらないようにしてから網にのせ、醤油を垂らして焼く。

醤油が焼ける匂いは強烈だから、とてもお腹がすく。

そんなことをしていると、一人の冒険者がやってきた。ヘルマンさんたちの知り合いなのかな？

「ヘルマンにカズマじゃないか。いい匂いだな」

「おう、グレイじゃないか。飯か？」

「そうなんだが、今日も一人でな……」

「そうか。リン、コイツも一緒にいいか？」

「いいですよ」

「え、いいのかい？」

「食材はたんまりありますから。それに、大勢で食べたほうが楽しいじゃないですか」

ここでお互いに自己紹介。グレイさんはカズマさんと同じくソロで活動しているSランク冒険者で、下層まで潜ってるんだって。

やっぱり筋肉ムキムキで、金属の胸当てや小手《こて》と脛当《すねあて》、背中には大きな剣を背負っている。

綺麗《きれい》な黒髪を高い位置でポニーテールにしていた。

私が薬師をしていると言うとポーションを売ってくれと頼まれたので、きちんと店のことを話す。

「へえ……お店を開いているのか」

「そうなんです。よかったら今度来てくださいね」

「ああ、そうさせてもらうよ」

話しながらハイポーションとハイMPポーション、ついでに万能薬とハイパー系を出すと、やっぱり驚かれた。

「商人ギルドが制限をかけるのも納得だね。助かるよ、ありがとう」

ちなみにグレイさんは、そのすべてを買ってくれるほどのお金持ちでした！

グレイさんもお米や魚介類に興味津々《きょうみしんしん》だったので、浜焼《はまや》きを再開。

ホタテをバター醤油で焼いてグレイさんに出したら、すごい勢いで食べ始めた。

その後もエビやイカ、カニやおかわりのホタテやハマグリを焼き、みんなお腹がパンパンになるまで食べた。

「いや～、食った食った。なるほど、こうやって食うと美味いんだな」

満足気なヘルマンさん。

「このショーユってやつは特別ダンジョンから出るやつだろう？　僕も買っておくとしよう。あとバターも」

グレイさんも気に入ってくれた。

「そうやな。リンちゃん、どこで買《こ》うたんや？」

「西の朝市が立つ通りにある商会です。お米もそこで買いました」

「マルケス商会なのね。ダンジョンから出たら行ってみるわ」

ローザリンデさんとデボラさんはさっそく買い物の予定を立てている。

ついでに、ご飯の炊き方を実践しながらレクチャーすると、二人はなるほどと頷《うなず》いていた。

たくさん炊いたし明日の朝食もご飯がメインになるかな？

空が真っ暗になり、肌寒くなってくる。

海沿いだからなのか風が冷たく感じられるので、チャイを淹《い》れて全員に渡した。

その後、テントで一泊です。


翌朝、片づけをして出発。

グレイさんはもう少し魚介類が欲しいからと第六階層に残ることに。

「商会に行く前にまた食べたいから、醤油を譲ってほしいんだけど、いいかな」

「いいですよ～」

持ち合わせがないか聞かれたから、壷をふたつほど譲った。

まだ二十個もあるから、問題ない。……買いすぎたかな？

私たちはその後も第七、第八階層と順調に進んだ。

そして、第九階層は山タイプのダンジョンでした。

なんというか、山の中にいると錯覚してしまうような風景。

途中で山々を見渡せるところもあるんだから、本当にダンジョンなの？　って驚くよね。

不思議な構造をしてるなあ。

第九階層に来るまで十日。残り三日で採取をこなしながら、中ボス戦に備えてレベルを上げる予定だ。

第十階層にいる中ボスを倒すと、第十階層までならどこでも行き来できる転移の魔法陣と石柱が開放されるのだ。

せっかく魚介類やハイパー系と神酒《ソーマ》の材料が採れるんだもの、利用しない手はない。

今後のためにも頑張ろうと意気込んでいたら、中ボスを倒すには八十までレベルを上げたほうがいいとヘルマンさんに言われ、ガックリと肩を落とした。

今のレベルは七十五。あと三日間しかないから、大変だ。

そこから三日間頑張った結果……

「ヘルマンさん、レベルが八十になりました！」

「やったな、リン！　今日はゆっくり休養を取って、明日ボスを倒して帰ろうか」

「はい！」

やったー！　って喜んでいたら、微笑ましいとでも言わんばかりの全員に頭を撫でられた。

くぅーっ！

夜は乾燥野菜とキノコたっぷりのスープに、ダンジョンで採れたボアとディアのお肉でバーベキュー。

ご飯と一緒だったからなのか、かなりの量を食べてしまったよ……

そして翌朝。武器や防具の点検とポーションの確認。

久しぶりだからボス戦での注意点や攻略ポイントなどをもう一度教わり、それぞれの役割を決めていく。

私はまず一番ダメージが稼げる【風魔法】のテンペストをボスにひと当てしたら、カズマさんやラズ、スミレと一緒にお供の殲滅《せんめつ》に集中。

『猛《たけ》き狼《おおかみ》』が中ボス本体を叩くことになった。

お供を殲滅《せんめつ》したあとは私たちも中ボスを倒すのに合流して、ヘルマンさんかデボラさん、カズマさんの指示に従う。

私の一番大事な仕事、ポーションでの回復はタイミングの見極めが大変だけど、それでもこの二週間一緒に戦闘をしたからなのか、掴《つか》めるようになっていた。

「よし、行くぞ！」

ヘルマンさんの合図で扉を開け、中ボス戦に挑む。

西の上級ダンジョン最初の中ボスは、レッドベア。お供はブラウンベアが十体。

「リン、行け！」

「はい！　テンペスト！」

テンペストを放つと、中ボスを囲むように風が唸《うな》る。

雷を伴《ともな》った風は私たちに当たることはなく、魔物のみを攻撃した。

風が止むと同時に『猛《たけ》き狼《おおかみ》』たちが奥にいる中ボスに突っ込み、私たちとカズマさんは手前にいるお供を攻撃する。

私たちの攻撃を受けてお供は三体が倒され、残りはほとんど瀕死《ひんし》の状態になった。

私は大鎌で追撃していく。

ラズとスミレの攻撃も相変わらず凶悪で、スミレはアグレッシブに動いて蜘蛛糸で拘束し、ガブッとひと噛みして倒している。

「リン殿、いいでござる。その調子で倒すでござるよ」

「はい！」

倒すと同時にカズマさんに褒められた。わーい！　嬉しい！

そうこうするうちにお供が全滅し、少しだけ休憩をする。

「よし、ボス戦に合流するでござる」

「その前にポーションを飲んでくださいね」

「おお、かたじけない」

カズマさんにハイポーションとハイMPポーションを飲んでもらう。

もちろんラズとスミレにもかけた。

そして全員で中ボスのところまで行き、私は後方で魔法を使っているデボラさんの横に並んだ。

「殲滅《せんめつ》早かったやないか。腕を上げたなあ」

「ありがとうございます。MPは大丈夫ですか？　これを飲んでください」

「おおきに。そろそろなくなるところやったから、助かるわ～」

魔法を止め、ハイMPポーションを飲むデボラさんの代わりに、【風魔法】を放つ。

そして飲んでもらう暇はないので、とりあえずヒールウィンドを前にいる四人にかけて回復し、隙を見てハイポーションもかけた。

「よし、リン！　とびっきりのウィンドカッターを頼む！」

「はい！　ウィンドカッター！」

ヘルマンさんの指示を受け、アベルさんに教わったように魔力循環を意識して魔法を放つ。

以前よりも威力が増したウィンドカッターが中ボスを襲う。

傷だらけになった中ボスは、そのままうしろに倒れると光の粒子となって消えた。

お～！　やった！　今回はとどめをさせて嬉しい！

前回は本当に回復に徹《てっ》していて、魔法もちまっとしたものだったからね。

「……よし、終わりだ！　よく頑張ったな、リン」

「みなさんのおかげです。ありがとうございました！」

「いやいや。とりあえずドロップを拾ったらダンジョンを出るぞ。分配は昼飯を食いながらだな」

ドロップを拾い、ヘルマンさんが持っている袋に入れると、扉が開く。

扉の奥には階下へと至る階段と、第一階層に戻る転移の魔法陣が。

私は両肩にラズとスミレをのせ、魔法陣の柱に触れる。

ちょっとした浮遊感のあと、第一階層に着いた。

その後、ブラックホースと馬車を預けていた休憩所の一室を借りて食事をし、中ボス戦のドロップの分配をする。

レッドベアの魔石《ませき》と毛皮とお肉、薬になる内臓。それに、お供の魔石《ませき》も全部くれた。

「こんなにたくさんいいんですか？　みなさんの分が……」

「カズマと話し合って決めたことなんだ。俺たちは何回も倒してるからな」

「それに、リン殿にとってはどれも必要でござろう？」

「そうやで？　滅多にこれないんやから、来たときくらい持っていき」

「うんうん。魔石《ませき》や毛皮は換金して、頑張った従魔《じゅうま》たちに美味しいものを食べさせてあげればいいのよ」

「そうですね……そうします。ありがとうございます。なら、遠慮なく」

ニコニコと頷《うなず》いてる『猛《たけ》き狼《おおかみ》』のメンバーとカズマさんに感謝して、ありがたく頂戴する。

すっごく嬉しい！

分配が終わると馬車にのって王都まで移動し、冒険者ギルドに行く。

ギルドでタグの更新といらないドロップ品の換金を終え、近くのお店でお疲れ様会をしたあと、エアハルトさんの家に戻ってきた。

「ただいまー！」

〈ただいま！〉

〈シュー♪〉

「お帰りなさい、リン。西の上級ダンジョンはどうでしたか？」

アレクさんに出迎えられて、中へと入る。

「とっても楽しかったです！」

エアハルトさんも騎士団の訓練から戻ってきていたらしく、中でお帰りと言ってくれた。

お土産に魚介類を渡し、料理人であるマルセルさんに食べ方の説明をすると、さっそくその夜のテーブルに並んでいたのには笑ってしまった。

食後、エアハルトさんたちに、スミレと出会って従魔《じゅうま》にした話や、たくさんの冒険者に出会った話をする。

「でね、浜焼《はまや》きをしているときに、グレイさんっていうSランク冒険者と知り合ったんです。一人だというから一緒に食べましょうって、ヘルマンさんがお誘いしていました」

「「ぶっ……！」」

二人はなぜか紅茶を噴《ふ》き出《だ》しそうになっていた。どうしたんだろう。

「ゴホン。……おや。ソロで活動なさっている冒険者なのですか？」

「そう言っていました。そのあと醬油を譲ってほしいと言われて、ふたつほど譲ったんです」

「とてもいい調味料なのですね。今度僕も個人的に買ってみます。マルセルにお願いすればいいですし」

ダンジョンでの出来事を話しているうちに、夜は更《ふ》けていった。

翌日、採取してきた薬草を使い、朝から騎士団に納品するポーションを作る。

もちろん店の分もかなりの数を作ったよ～。

今日も忙しいからと、アレクさんとララさん、ルルさんが手伝ってくれる。ありがたや～。

忙しく動いているうちにお昼休憩の時間になった。

お昼を食べたあとは、再び騎士団に納品するポーション作りだ。

あとは神酒《ソーマ》とハイパー系二種類を作ればいいだけなので、さっさと作った。

それを持って一階のテーブルに置き、その足でアレクさんのところに行く。

エアハルトさんの連絡先なんて知らないから、アレクさんを頼ることにしたのだ。

騎士団に納品する分のポーションができたとエアハルトさんに連絡してほしいとお願

いをすると、快く引き受けてくれた。

ありがとうございます！

庭で遊ぶラズとスミレを眺めつつ薬草の世話をしていると、あっという間にお昼休憩が終わってしまう。

午後も忙しく過ごし、冒険者が途切れたところにエアハルトさんとビルさんがやってきた。

「「こんにちは、リン」」

「こんにちは。こちらにどうぞ。アレクさん、なにかあったら呼んでいただけますか？」

「かしこまりました」

お店をアレクさんに任せ、二人を一階の奥へと案内し、ミントティーを出す。

さっさと騎士団への納品を終わらせちゃおう。

「頼んでいたポーションができたんだって？」

エアハルトさんに聞かれたので、私は頷《うなず》いた。

「はい。こちらになります」

テーブルの上に置いていた木箱を二人に渡す。どれがどのポーションなのか紙に書いて貼ってあるから間違えないと思う。

まあ【アナライズ】もあるから、大丈夫だよね?

「うん、これなら団長も納得するだろう」

箱の中を確認したビルさんが晴れやかな笑みを見せる。

一方で、エアハルトさんは申し訳なさげに眉を下げていた。

「本当にすまないね、リン。こんな我儘《わがまま》は今回だけだと、きつく団長を叱っておくから」

「前もって言っていただくか、常にこの本数で依頼をしてくだされば、私のほうは大丈夫ですよ?」

「そう言ってもらえるのはありがたいけど、他の薬師との兼ね合いもあるからね」

どういうこと? と首を傾げていると、ビルさんが補足してくれる。

「ああ。彼らも生活がかかっているから、一人の薬師から大量に買うわけにはいかないんだ」

ああ、そっか。薬師は私だけじゃないもんね。

私が住んでいる西地区には私しか薬師がいないけど、他の地区にはいるって聞いた気がする。

騎士団の人数分のポーションを一人の薬師に依頼すると負担が大きくなってしまうため、何人かの薬師から定期的に購入する契約を結んでいるんだって。

そのため、騎士団からの安定した収入をあてにしている薬師も多いのだとか。

それなのに私の上級ポーションが欲しいと団長さんが言ったから、エアハルトさんもビルさんも余計に申し訳ないと溜息をついていた。

上を諫《いさ》めるのも部下の役目だもんね……。大変なこともあるんだろうなあ。

納品したポーションの本数を確認したエアハルトさんとビルさんは、二人揃ってお礼を言うと店をあとにした。

その日の夜はアレクさんにおよばれされたので、エアハルトさんの家でご飯をご馳《ち》走《そう》に。

すると、大きな麻袋を三つとジャラジャラと音がする小さな麻袋をエアハルトさんから渡される。

「これはなんでしょうか」

「団長からだ。ポーションの代金と、我儘《わがまま》を言ったお詫びだな」

「そうなんですね。ありがとうございます」

大きな麻袋には薬草が、小さな麻袋にはお金が入っていると教えてくれるエアハルトさん。

中身を見るのが恐ろしい……特に小さいほうは。

まあいつものことだし……とさっさと【無限収納《インベントリ》】になっているリュックにしまい、しばらく話してから自宅に帰ったのだった。

第二章　私は薬師なんです！

今日もいいお天気！

なので洗濯したり布団を干したり家事をすませ、ラズやスミレと一緒にご飯を食べて庭に出た。

庭の薬草も充実してきたなあ。

今のところダンジョンで薬草の種は採れていないけど、採れたら蒔《ま》いてみたい。

そうすれば、ダンジョンに潜る回数を減らせるかもなあ～。

まあそれはあとで考えようと決め、せっせと庭の世話をする。

採取できそうな薬草を採り、作業部屋に戻って在庫が不足しているポーションを作った。

それを店に並べているとアレクさんやララさんとルルさんが来たので、今日も元気に開店です！

最初のころよりも落ち着いた店内。ちょうどお客さんが途切れたときに、ヘルマンさんとカズマさんがやってきた。

なんだか難しい顔をしているような……

なんだろうと首を傾げていると、ヘルマンさんが口を開く。

「リン、冒険者ギルドから呼び出しだ」

「どうしてそんなことに？」

「スミレのことでイチャモンをつけてきたヤツの話でござる」

「あ～……」

上級ダンジョンで会った、Bランク冒険者の話か……とうんざりする。

できれば冒険者ギルドに行きたくないんだけどなあ。

「時間を夕方にしてもらったでござるが、よかったでござるか？」

「リンは店もあるし、俺たちもダンジョンに潜る準備があるからな」

「はい、大丈夫です。私も夕方のほうが動けますし」

ヘルマンさんとカズマさんも一緒に呼び出されているそうなので、そこは安心できる。

「何時までかかるかわからないから、帰りは俺たちが送っていく」

「そうでござるな。リン殿は見た目通りの年齢に見られがちでござるし」

「ですよね～」

実際はこの世界基準でも成人しているとはいえ、元が日本人の私は身長が低いからなのか、どうしても子どもに見られてしまう。

ヘルマンさんもカズマさんも誘拐されないかと心配してくれているのだろう。

複雑ではあるけど、従魔《じゅうま》がいても狙われることはあるだろうし、怖い思いをするのは嫌なのでしっかりと頷《うなず》く。

エアハルトさんやアレクさんにも、「夜は一人で出歩くな」と言われているし。

そんなこんなで夕方になったので、ヘルマンさんたちやラズ&スミレと一緒に、冒険者ギルドの本部へと来た。

ヘルマンさんが「俺がきちんと話をつけるから、リンは心配しなくていい」と言ってくれたので、余計なことを話さないようにしようと思う。

下手になにか喋って揚げ足を取られたり、言質《げんち》を取られたりするのは嫌だし、ヘルマンさんかカズマさんに話を振られたときにだけ口を開くようにするつもり。

ヘルマンさんとカズマさんに続いて中に入る。

冒険者たちは私のことを一斉に見てきたけど、Sランク冒険者の二人がいたことと、私の右肩にラズ、左肩にスミレがいたからなのか、ギョッとした顔をしてから視線を逸《そ》らしていた。

ヘルマンさんが受付嬢に声をかけると、話が通っていたらしく、そのまま応接室に案内された。

そして飲み物が配られてすぐに、体がとても大きくて熊耳をつけた人と、猫耳をつけた綺麗《きれい》な女性が入ってくる。

おお、獣人族の人かな？　獣耳イイし萌える！　猫耳の人は尻尾が長い！

そんなことを考えていると二人が立ったので、私も慌てて立ち上がる。

「座ってくれていい。オレはここのギルドマスターでフォレクマーという。彼女は副ギルドマスターで、ミケランダだ」

「ミケランダと申します」

「はじめまして、リンと申します。この二匹は私の従魔《じゅうま》で、ラズとスミレです」

それぞれ挨拶を終えて、席に着く。

そして再びフォレクマーさんとミケランダさんが立ち上がり、「申し訳ありませんでした」と頭を下げた。

すべてが彼らの責任というわけじゃないけど、纏《まと》めている組織として謝罪は当然か。

ヘルマンさんが私をちらりと見たので、謝罪は受けるという意味で頷《うなず》く。

ヘルマンさんが重々しく口を開く。

「リンは、こういったことに不慣れでな。悪いが、当事者でもある俺たちが代表で話を進める。リンは謝罪を受けるそうだ」

「そうか。本当に申し訳ない」

再度謝罪をしたフォレクマーさんたちは、ソファーに座ると、問題を起こしたBランク冒険者のその後について話してくれた。

実はあの日の夜、ラズの通訳によるスミレへの聞き取り調査が行われており、元主人を殺した犯人はあのBランク冒険者だと判明していたそうだ。

従魔《じゅうま》はその性質上嘘がつけないので、ヘルマンさんはその旨をすぐに冒険者ギルドに報告。

そして冒険者ギルドの追加調査によると、やはり彼には、捜索の依頼は出されていなかった。

つまり、依頼を受けたとの話はまったくのでたらめ。

ヘルマンさんたちから報告を受けた数日後。Bランク冒険者はギルドに顔を出した。

そのとき彼はスミレの元主人の装備を持って報告するために拾ったと言ったらしい。

加えて、スミレを手に入れるために元主人を私が殺したのではないかとも言っていたそうだ。

けれど、彼に対応した職員はヘルマンさんたちの報告を聞いていたので、フォレクマーさんを呼んで別室でじっくりしっかりたっぷり話を聞くことに。

すると、すべて嘘でスミレの元主人を殺したと自白。

しかも初犯ではなく、Bランクに上がるまで、何回も繰り返していた常習犯だとわかったそうだ。

Fランクのころから妙に羽振りがいいうえに、彼と一緒に行動していた人の多くが亡くなっていることから、ギルドでは彼のことをずっと疑っていたらしい。

今まで確実な証拠が掴《つか》めず、手出しができなかったため、ヘルマンさんたちの迅速な行動と連絡によって解決できたと喜んでいた。

「それにしても……一部の冒険者のせいで、困ることになるのはまともな冒険者だとわかっているのか？」

鼻息も荒く、ヘルマンさんとカズマさんが怒っている。

私も思わず口を開いてしまった。

「中級ダンジョンでも私は冒険者に絡まれています。そのとき、騎士団からも同じ注意を受けましたよね」

「「……」」

中級ダンジョンでのことを持ち出すと、フォレクマーさんとミケランダさんは押し黙った。

中級ダンジョンには開店する前に、エアハルトさんとビルさんを含めた騎士七人とアレクさん、ラズと潜ったんだけど、そこで性質《たち》の悪い冒険者に絡まれたのだ。

彼らは、騎士たちを殺して私を襲おうとしていたらしい。

それを知ったエアハルトさんとビルさん、騎士たちが激怒し、騎士団を通してギルドに厳重注意をするということがあった。

それはつい一ヶ月前のことなのに、大丈夫なの？　冒険者ギルドのトップって。

不信感しか湧《わ》かないいんだけど……

するとフォレクマーさんは再び迷惑をかけてしまったお詫びにと、薬草を安く売ってくれることに。

欲しい薬草や薬の材料があれば、今回だけ融通をきかせてくれるらしい。やったね！

ポーションを作るのに必要な薬草や材料を安く買い叩こうと決意した。

遠慮なく欲しい材料をたくさん書かせてもらったよ！

もともとの値段が高い材料たちとその種類の多さ故に、二人の顔色は真っ白になってたけどね！

すべての材料を半額で売ってもらい、ヘルマンさんカズマさんと一緒に冒険者ギルドをあとにする。

『猛《たけ》き狼《おおかみ》』とカズマさんも迷惑をかけられているから、彼らにもお詫びとしてお金が支払われた。

素材でもいいとギルド側が言ったんだけど、ダンジョンに潜るから現金がいいとのことで、そうなったみたい。

「さて、少し遅くなったでござるが、まだ陽はあるでござるな」

「屋台でなにか食っていくか?」

「そうしましょう。でも先に商会に寄りたいです」

晩ご飯を物色しながら、先に商会へと行く。

スパイス類とお米を買い足したかったのだ。

商会の人は私を見て、いつも夕方来ることがないからか不思議そうな顔をしていたけど、スパイス類とお米が欲しいと言うと、すっごく嬉しそうに笑った。

私がダンジョンに潜っている間は誰も買わなくて、在庫を持て余していたからと安くしてくれたので在庫分をほとんど買ったら、ヘルマンさんとカズマさんに呆れられてしまった。

「確かに米は美味しいが……買いすぎじゃないか」

溜息まじりのヘルマンさんに、私は目をキラリと光らせて言い返す。

「呆れていた割には、お二人が買っているのを見ましたからね？」

「「……」」

そう突っ込んだら、二人とも黙った。

屋台で晩ご飯をすませ、家まで送ってくれたヘルマンさんとカズマさん。

明後日からまたダンジョンに潜るというので、薬草採取をお願いした。

帰ってきたらポーションを作って明日に備える。

朝食は起きたら考えようと、もろもろの片づけをしてから眠りについた。


翌朝、ご飯はフレンチトーストにした。

作っていると、甘い匂いに誘われたのか、ラズとスミレが寄ってくる。

作っているとき、嬉しそうにピョンピョン跳ねていたのがなんとも可愛い！

出来上がったら二匹が食べやすいよう小さく切り分け、仲良く食べた。

今日も忙しいのかなあ？　暇なのよりはいいけど。

開店準備をして朝市へと出かけ、常備薬となる薬の材料などいろいろ買い込んでから店に戻った。

少しだけ時間があったのでポーション類と常備薬をいくつか作る。

今回作ったのは、風邪薬と解熱剤、胃薬だ。

ラズは五匹に分かれて掃除し、スミレは天井にいた虫を捕獲して食べていた。

ご飯食べたのになあ……

そうこうするうちにアレクさんやララさんとルルさんが来たので、朝のご挨拶。

カーテンの隙間から外を見ると、今日もお客さんたちが並んでいる。

そろそろ時間だからと開店し、二時間ほど営業してお客さんがまばらになったころ。

「きゃあ！」

ララさんがいきなり声をあげた。

「どうしました？」

「このポーションがいきなりここに現れましたの」

「「あ～」」

私とアレクさんが同時に声を漏らした。

アレクさんは店の防犯の内容を知っているため、察したらしい。

「あのですね、このお店ってエアハルトさんやアレクさんの勧めで、最高級の防犯機能がついているんです。その中に、〝転売したら、商品が販売者の元に戻る〟〝盗みを働いたら店を出た瞬間に昏倒《こんとう》し、商品は販売者の元に戻る〟というのがありまして」

「ああ、なるほど。大きな商会などにもついているものですわね」

ララさんも防犯機能の存在は知っていたらしく、納得している。

「ということは、これは……」

「盗みの場合は外に人が倒れていますから、これは誰かが転売した、ということですね」

全員で顔を見合わせたあと、同時に溜息をつく。

転売は禁止だときちんと注意書きにも書いてあるし、口頭でも説明してるんだけどなあ。

アレクさんが近所にある騎士団の詰《つ》め所と冒険者ギルドに連絡してくれたので、あとは転売した冒険者を待つ。

どうせ商品が消えたと文句を言いに戻ってくるだろうし……と全員で話していたら、男性が三人、顔を真っ赤にしながら店に入ってきた。

アレクさんの眉間に皺《しわ》が寄っているってことは、接客した覚えがある冒険者なんだろう。

「おい！　さっき買ったハイポーション二本と万能薬がいきなり消えたんだ！　いった

いどういうことだ!?」

「どういうことだと仰られましても、貴方方が注意事項を破ったからとしか、言いようがないんですが」

「なんだと!?」

凄《すご》んでくる冒険者は怖いけど、毅然《きぜん》とした態度をとらないと舐《な》められる。

なので、堂々とした態度で注意事項が書かれている紙を持ち、ある部分を指差す。

〝転売はできません。した段階で、ポーションは店に戻ります。〟

それを見た三人の冒険者が鼻白《はなじろ》み、顔を青ざめさせて怯んだ。

店内にいる冒険者たちも彼らに白い目を向けている。

「聞いて……」

「聞いていないとは言わせません。先ほど僕がお金を受け取る際も、こちらの女性が商品をお渡しする際も口頭で説明いたしましたし、貴方は返事をしていらっしゃいました。他のお二人は、この紙を見ていらっしゃいました。まさか、聞いていなかった、見ていなかった、返事は嘘だったと仰るのではないでしょうね?」

「ぐっ、う、煩いっ!」

アレクさんの指摘に一瞬言葉を詰《つ》まらせたものの、いきり立った三人はいきなり剣を抜こうとした。しかし、剣が抜かれることはなかった。防犯機能が発動したため、彼らは店から弾き出され、痺れたように動かなくなった。

そして、他にも五人の人間が外に弾き出され、前の三人と同じようになっている。

どうやら、ハイパー系五本ずつと神酒《ソーマ》五本がカウンターにポンッ！　と現れたから、それらを盗もうとしたらしい。

なにをやっているんだろうね、本当に！

怒りがおさまらない私は、店のドアを開け、外に出された人たちに言う。

「ごたごたに便乗して、貴方方は盗みですか。できるわけないでしょう、防犯機能があるのに。まさか、この店に限ってついていないとでも思ったんですか？」

「ぐっ……」

「貴方たち八人全員、出入り禁止にします。貴方たちのランクによっては、そのランクの人も」

「「「「「「「なっ！！」」」」」」」

私の言葉に、店内にいた冒険者が声をあげる。

「当然でしょう？　たった一人、あるいは数人がやっただけでそのランク全員が悪く言われるって、どうしてわからないんですか？」

「どうした、なにがあった！」

そこにタイミングよくアレクさんが連絡した騎士三人と、冒険者ギルドからミケランダさんと職員二人がやってきた。

「これは……」

ミケランダさんは、店の外に転がっている冒険者たちを見て、頭を抱えている。

私は怒りのままにミケランダさんに告げた。

「この三人は禁止されている転売を行い、私たちに危害を加えようと店内で剣を抜こうとした結果、こうなりました。五人は盗みをしたんです。それにより、そこにいる八人は出入り禁止にしました。証人は店内にいる冒険者たちと、従業員です。ここにいる人たちにも言いましたが、彼らのランクによっては、そのランクには二度と売りませんから」

「そ、それは困ります！」

ミケランダさんは必死な様子で話しているが、もう甘いことは言っていられない。

「私は別に困りません。それに、いい加減にしてください、ミケランダさん。これで三回目ですよね、冒険者から迷惑をかけられたのって。冒険者ギルドは、いつになったらまともな対応と教育をしてくださるんですか？　一部の人のせいで困ることになるのはまともな冒険者だって、昨日の話し合いでも注意されましたよね」

「……っ」

確か、騎士団からも苦言を呈《てい》されたはずですよね、と指摘すれば、ミケランダさんは顔を青ざめさせた。

「一ヶ月前にも伝えましたよね、私。紳士的な態度の冒険者にしか売りませんって」

「……。も、申し訳ございません。のちほど、彼らの処遇《しょぐう》をご連絡いたします」

「お願いします。他の冒険者のみなさん、申し訳ありませんでした。このまま買い物を続けてください」

安くなんてしないよ、迷惑をかけられたんだから。

それに一度そういう対処をしてしまうと、トラブルが起きれば安くしてくれるかもなんて考えて、わざとトラブルを起こす人が出てくるかもしれないじゃないか。

だからこそ、見せしめのためにも厳重に罰したし、変な前例は作りたくない。

バカをやった八人が、ギルド職員と騎士たちに簀《す》巻《ま》きにされ、引きずられていく。

ラズとスミレに殺されなかっただけマシだと思う。今だってすっごく怒ったように、彼らの近くでずっと威嚇《いかく》しているんだから。

その後はなんのトラブルもなく、休憩時間となったので、店を閉めた。

お昼過ぎ、団長さんとエアハルトさんが来た。

どうも詰《つ》め所から連絡がいったらしく、心配して様子を見に来てくれたみたい。

「リン、無事か!?」

「はい、大丈夫です。防犯を最高級のものにしろって言ってくれたおかげで、助かりました」

「よかった……」

ホッとしたように息を吐いたエアハルトさんに、抱きしめられてしまった。

「ちょっ、エアハルトさん？」

団長さんとアレクさんがいるのに、なにしてんのかな!?

勘違いされるのは困るんだけど！

「兄上、リンが困っていますよ？」

「あ……悪い。無事ならよかった」

団長さんのおかげでエアハルトさんの腕の中から抜け出すことができた。

「エアハルト様、ロメオ様。八人についてなにか情報はありますか？」

冷静な様子でアレクさんが質問する。

「ああ、そうだった。その話をしに来たのだ」

団長さんが姿勢を正し私のほうに向き直る。

まず、転売をした三人について。

彼らは他の国でも同じことをして荒稼ぎをしていたらしく、各国で指名手配されていた。

どこの国でもポーションや薬の転売は、緊急性がない限り禁止されているのだ。

今まで捕まえる前に逃げられていたんだけど、うちの店の防犯機能が最高級のものだったおかげで捕らえることができたからと、「褒美をとらせる」と各国の王様から連絡がきたという。

お金や私が欲しいものをくれるんだって。

……薬草をお願いしちゃおうかな？

というか、各国からってどういうことかな⁉　あとが恐ろしいんだけど！

そして盗みを働いた五人の裏には、彼らが懇意《こんい》にしている貴族の存在があったらしい。

「え、貴族に頼まれたんですか？」

「ああ。家名などは彼らから聞いて調べがついているからね……今ごろはその貴族も近《この》衛《え》に捕縛されているだろう」

「うわあ……」

王家の近衛《このえ》も束《たば》ねているという団長さんは、とーってもイイ笑顔でそんなことを宣《のたま》い、楽しそうにしていた。

きっとガウティーノ家にとって政敵とか、王家にとって政治的にまったく重要ではないとか、不正をしまくっているとか……そういった貴族なんだろうなあと思えるくらいの、真っ黒い笑みでした。

話が一段落したあと、エアハルトさんと団長さんはお昼を食べていないとのことだったので、アレクさんも一緒におにぎりとブリに似た白身魚の照り焼きを出す。

三人とも気に入ったらしくレシピを買いたいと言われた。

その後、団長さんとエアハルトさんは騎士団に帰っていった。

休憩時間が終わり店を開けると、一番にミケランダさんが顔を出した。

なんでミケランダさんが？　そこはギルドマスターのフォレクマーさんじゃないの？

対応のなってなさに冒険者ギルドへの不信感がますます膨らむ。

ミケランダさんは、やらかした冒険者の処遇《しょぐう》を話し始めた。

三人組に関しては、各国でいろいろとやらかしていたので一番被害が酷かった国に引き渡され、その国の法の下《もと》で裁かれるそうだ。

恐らくだけど、犯罪奴隷と借金奴隷になって一生鉱山から出られないか、場合によっては斬首《ざんしゅ》になるだろうって言っていた。

そして五人に関しては初犯だったことと、二度としないとかなり反省していることから、ギルドランクの一段階降格処分にしたという。

私に対しても、謝罪したいと言っていたそうだ。

まあ、気持ちは受け取るけど、今のところ直接謝罪を聞くつもりはない。

場合によっては出入り禁止を撤回するかもしれないけど、するとしても今すぐじゃない。

すべては彼らの今後の行動と態度を見てからだ。

一緒に話を聞いていたアレクさんをチラリと見ると、ミケランダさんの言葉に頷《うなず》いていた。

彼らの処罰は妥当なんだろう。

「そうですか。では、私からも一点お伝えします。明日から、八人と同じBランク冒険者には私が作ったポーションは売りません」

「そんな……」

ミケランダさんは、情けない表情でこっちを見ている。

上級ポーションがないと、上級や特別ダンジョンの下層に行くのは難しい。より多くの冒険者に下層へ行ってほしいと考えているギルドにとっては、私の判断は受け入れ難いものなのだろう。

「当然ですよね、私と一緒にいる従業員にも剣を振るおうとしたんです。死んでいたらどうするつもりだったんですか？　それに、Bランク冒険者がよく行くダンジョンでは、普通のポーションで充分間に合うと聞いてます……ポーションを使った、同じランクの騎士たちから」

「……」

「心・技術・体……それが未熟な人に売る気はありません。Cランク以下に売らないというのを、Bランクまで引き上げただけです。Sランクにしか売らないと言わないだけ、ありがたいと思ってください」

「……わかりました」

ミケランダさんは申し訳ございませんでしたと謝罪したあと、お詫びだと、特別ダンジョン産の薬草やブラックバイソンのお肉、イビルバイパーの心臓を置いていった。

総額でかなりの金額になるようなものだ。

ブラックバイソンって、確か牛の魔物だよね？　牛肉ゲットですよ！

それにイビルバイパーの心臓は、神酒《ソーマ》とハイパーMPポーションの材料のひとつですよ！

「うーん……いいんですかねぇ、もらっても」

「大丈夫でしょう。リンが言ったように、迷惑をかけたのは三回目ですからね。ギルド自体の評判や評価を、これ以上下げたくないという思惑《おもわく》もあるのでしょう」

「ふーん……。冒険者はともかく、ギルドに関してはとっくに見限《みかぎ》ってますけどね」

当人《とうにん》たちがいないからこその私の本音に、アレクさんは苦笑しただけだった。

その後、防犯の設定を変えないとダメだからと、ルルさんが職人さんのところへおつかいに出てくれた。

店が終わる時間に職人さんがやってきて、ランク設定をA以上に上げてくれました。

ありがたや～。

この通りにあるお店の中には、私のようにBランク冒険者とトラブルになって、防犯機能のランク設定を上げざるを得なくなったところが多いらしい。

Bランク専用のお店がもう一本外側の通りにあるそうなので、気にすることはないと職人さんが言ってくれる。

あまりにも多くの店で問題が起こるようなら、そのうちこの通り自体がAランク以上の冒険者しか入れなくなるかもしれないんだって。

Bランクから Aランクに上がるのは大変だから、なかなか上がれなくて腐る人もいるんだろうなあと思った。

閉店作業をしたあと、エアハルトさんの家に招待されているので、アレクさんたちと一緒に移動。

「招待」といっても、マルセルさんに料理を教えるだけなんだけどね。

私の作れる料理は、庶民が食べるようなものばかりなんだけど、いいのかなあ。

貴族であるエアハルトさんが気にしないならいいんだけどさ。

事前にアレクさんにレシピの紙を渡したので、材料は揃っているはず。

ない場合に備えて、私も持ってきてるよ～。

「こんばんは、エアハルトさん。お招きありがとうございます」

「おう、来たな。さっそく頼むな」

「待ってたっす！」

玄関のところで待っていたエアハルトさんと、すっごくイイ笑顔で出迎えてくれたマルセルさんに若干引きつつ、マルセルさんと一緒に厨房《ちゅうぼう》へと行く。

ついでに、お昼に食べてもらった照り焼きのレシピと食材をエアハルトさんに渡すと、すぐにガウティーノ家に届けてほしいと、アレクさんにお願いしていた。

その間に、私とマルセルさんで料理スタートです。

レシピや、使う調味料を説明する。

調味料は商会で売っていることを伝えると、明日にでも買いに行くと鼻息も荒く、楽しそうにしていた。

それから一緒にたくさん調理する。

二人して作ったから結構な量になってしまい、これ以上は食べきれないかも……と手を止めたんだけど……

「リン、お邪魔しているよ」

「どのようなお料理なのかしら」

「リン、楽しみにしてるよ」

「僕も！」

「リン様、わたくしもですわ！」

料理を持って食堂に行くと、そこには侯爵様ご夫妻と団長さんとエルゼさん、侯爵夫人によく似た男性……エアハルトさんと団長さんの弟さんがいた。

侯爵様ご一家揃《そろ》い踏《ぶ》みです！　聞いてないんだけどーー!?

「…………エアハルトさん？」

「すまん！」

「私が無理を言ってきたのだ。エアハルトを責めないでくれ」

「う……侯爵様がそう仰るのであれば」

侯爵様の言葉に内心で溜息をつきながら、大皿に盛られた料理をテーブルに並べた。

みなさんの視線がそっちに釘付《くぎづ》けになる。

「で、どのような料理なのかね？」

侯爵様が興味津々《きょうみしんしん》な様子で尋ねてくる。

「先に申し上げておきますけど、私が作ったのは庶民が食べるような料理ですよ？　本当に食べるんですか？」

「もちろんだ。エアハルトもロメオも絶賛しておるしな。レシピをもらうだけではなく、実際に食べてみたいと思っておったのだよ」

侯爵様……目が本気です！

「そうですか……。では、説明させていただきますね」

料理名と主な材料、魚介類に関しては採れた場所を説明しながら、取り皿に分けていく。

マルセルさんとアレクさんも手伝ってくれた。

今回マルセルさんに教えたのは白身魚とロック鳥の照り焼き、ロック鳥の唐揚げと竜田《たつた》揚げ、オークの一口カツ、ホタテのバターソテー、アサリのワイン蒸しとアサリのお味噌汁。

竜田《たつた》揚げは片栗粉に似たカタクッリという粉があるので、それを使ったよ。

おかわりできるようにたくさん作ったけど……足りるんだろうか、これ。

そう思うくらい、ギラギラとした目で料理を見つめている侯爵家の面々。

「揚げ物はお好みでこのレモン汁をかけてもいいですし、こちらのタルタルソースをつけて食べても美味しいと思います。味がついていますので、そのまま食べても大丈夫ですよ」

「ほう……」

見本を見せるようにレモン汁をスプーンでかけると、みなさんも同じように真似をする。

本来ならレモンを直接絞《しぼ》って食べるほうが美味しいけど、貴族だから上品なほうがいいだろう。

まずはそれぞれのソースで食べてもらい、そこからは自分が食べたいものを食べてもらう形式にした。

「ほう……。うむ、これは美味しい！」

「揚げ物だったかしら、レモンをかけるとさっぱりしていいわね」

「僕はこっちのタルタルソースってやつが気に入ったよ！」

それぞれがあれこれと感想を言いながら、笑顔で食べてくれている。マルセルさんと顔を見合わせてホッとしていたら、団長さんと侯爵様からとんでもないことを言われた。

「リン、今度の休みに騎士団に来てくれ。騎士団の料理人に、これらの料理を伝授《でんじゅ》してほしい」

「我が家もだ。レシピがあっても、うまくいかなくてな。やはり直接教えてほしい」

「……は⁉」

二人はなにを言っているのかな⁉

「あ、あの、マルセルさんが行くのはダメなんですか？」

「一度来てもらったが、まったくダメだったのだよ。こんなに美味しい料理はできなかった」

侯爵様はそう言うけれど、まったくダメって……それって問題なんじゃないの？

「リンちゃん、頼むっす！　俺の代わりに行ってほしいっすよ！」

そう思っていたら、マルセルさん本人にもお願いされてしまった。

「私は薬師であって、料理人じゃないんですけど！」

そう主張しても、侯爵様もマルセルさんも視線を逸《そ》らすだけで、埒《らち》があかない。

結局、「はい」としか言えず、がっくりと項垂《うなだ》れたのだった。

くそう、私は薬師なんだってば！　イラつく〜！

そしてエアハルトさんもなんだかイライラというか、心配というか、複雑な顔をしている。

それを不思議に思いながらも、明日ゴルドさんをはじめとしたご近所さんとバーベキューをして、イライラを吹き飛ばそうと固く心に決め、早々と帰宅した。


翌日の午前中。店も落ち着いてきたころ、『猛《たけ》き狼《おおかみ》』のメンバーとグレイさん、そして見知らぬ女性冒険者がやってきた。

「いらっしゃませ。今日はどうされましたか」

「今日は、俺たちじゃなくてグレイが欲しいものがあるって言うから来たんだ」

ヘルマンさんたちは、グレイさんに店の場所を教えるために一緒に来たんだって。

本当に優しい人たちだな〜。

そしてグレイさんはなにをしているかというと……

女性冒険者と一緒に真剣な様子で棚を見ている。あの女性は誰なんだろう。

すっごい美人で、三つ編みにした髪を背中に流している。グレイさんとも親しそうだな～。

結局二人は神酒《ソーマ》を買ってくれました！　ありがとうございます！

そしてお昼になったので、ご近所さんに「バーベキューをしませんか」と声をかける。

ゴルドさんは自分が作った道具がどうやって使われるのか気になっていたらしく、「やっとか！」と嬉しそうにしていた。

しまった。こんなに喜んでくれるなら、もっと早く計画すればよかったよ……

閉店と同時にバーベキューの準備をする。

今回参加するのは、道具屋さんご夫婦と道具屋さんの隣にある雑貨屋さん親子四人、鍛冶《かじ》屋のゴルドさん親子四人とお弟子さん三人。

そしてエアハルトさんたち五人と私たちを含めた、総勢二十一人だ。

ずいぶん大人数だよね！

飲み物や食材に関しては、みなさんにも少しだけ持ってきてもらうことにした。

ほとんどは企画者の私が出すよ。珍しいダンジョン産の海産物や、子どもたちのためにダンジョン産の果物を使ったジュースを用意している。

どれも【生活魔法】や冷蔵庫もどきで冷やしてある。

たぶん、エアハルトさんもたくさん食材を持ってくるんじゃないかなあ。マルセルさんも張り切っているって言ってたしね。

庭に出て、ゴルドさんに新たに作ってもらった、底が四角くなっているバーベキューコンロを三つ置く。

コンロに薪《まき》を入れ、火を熾《おこ》す。しばらく燃やせば、手作りの炭が出来上がった。

時期的なものなのか、たまたま売り切れていたのか、炭がお店になかったんだからしょうがない。

あとは小さな薪《まき》をくべて、火加減に気をつけて焼けばいいだけだ。

そろそろみんな閉店作業を終えたようで、それぞれの家から人がやってくる。

椅子やテーブルなどないから、そこは各自持ってきてもらっている。

さあ、これから楽しい時間ですよ！

掌《てのひら》サイズのハマグリにさらに大きなホタテ、エビやカニを網にのせる。

その傍《かたわ》らで、二十センチくらいの長さの魚は腸《はらわた》とエラを取り除き、塩を振ってから串に刺して焼く。

「お嬢ちゃん、これは？」

見知らぬ食材を前にして、ゴルドさんが尋ねてきた。

「上級西ダンジョン産の魚介類なんです。ヘルマンさんたちも知らなかったんですけど、食べてみたらすっごく美味しいって言ってましたよ。もちろん私も本当に美味しいと思いました」

「西ダンジョン産のか……」

「詳しいことはエアハルトさんの家の料理人さんであるマルセルさんに話しているので、聞いてみてください」

「おう」

金網や鉄板にそれぞれ魚介類をのせて焼いてもらっている間に、いただいたお肉や野菜を切って金串に刺す。

「リンちゃん、なにか手伝えることはあるかしら？」

「でしたら、この串にお肉や野菜を刺すのを手伝っていただけますか？　これもあの金網を使って焼きますので」

「「「いいわよ～」」」

それぞれの家の女性たちが手伝いを申し出てくれたので、一緒にやることにする。

みんなでやったほうが早いし、楽しいからね。

小さい子は危ないけど、ある程度大きくなっている子に手伝ってもらうのもいいかもと言うと、「共同作業ね～！」なんて笑っていた。

みなさん、本当にいい人たちばかりで助かる。

串に刺してもらっている間に、醤油だれと塩だれ、レモンだれを作る。

焼肉のたれっぽいものも用意したよ。

といっても、お肉にかけるソースを代用しただけだ。

各種たれをそれぞれのテーブルにのせ、好きな味のもので食べてもらおう。

魚介類は塩だれと醤油かバター醤油とレモンでもいいかも。

もちろん、そのままでも美味しいと思う。

わさびがあればわさび醤油もアリだと思うんだけど、ないものねだりはしないことにして、今作れるものを用意した。

「お嬢ちゃん、そろそろ貝の口が開くぞ！」

「はーい！　みなさん、お肉と野菜を持っていきましょうか」

みんなにっこり笑って、それぞれ自分が串に刺した肉や野菜を持っていく。

その間に、私はマルセルさんと一緒にホタテとハマグリに味付けをする。

そうすると、そこかしこからいい匂いが漂《ただよ》い始める。

「どうぞ。熱いので気をつけてくださいね。ホタテはバター醤油、ハマグリは醤油をかけただけです。かけていないものもありますので、テーブルの上にのっているたれで食べてもいいです」

それぞれどんなたれなのかを説明し、食べてもらう。

ラズとスミレには小さく切ってあげた。

次に、さっきみなさんに串に刺してもらったお肉と野菜を焼き始める。

私も食べたいので、様子を見ながら食べたり焼いたり。

他の人も焼き方を知りたいらしく、いろいろと聞かれたので、お肉は薄切りや一口大に切ったほうが早く焼けるとか、たれをつけて焼いてもいいと教えた。

「そろそろお魚やエビ、カニが食べられますよ」

「「「「「おー！」」」」」

エビは殻《から》を剥《む》いて、カニはゴルドさんが持ってきた鋏《はさみ》で切って食べてもらう。

カニは脚のひとつひとつが大きいから、身をほぐすのに手間がかかる、なんてことはない。

それにお手本を見せればみなさんそれぞれ自主的に焼いてくれるから、食いっぱぐれることもなかった。

子どもたちも楽しそうに、そして美味しそうに食べてくれていて嬉しい！

「うちの子たち、普段、あまり野菜を食べなくて困っていたの。これなら食べてくれるから、助かるわ～」

「ほんとよね。毎日は無理だけれど、週に一回くらいならやってもよさそうね」

「リンちゃん、このレモンが気に入ったの。あと、塩だれも。作り方を教えてもらえるかしら」

「いいですよ」

主婦たちがそれぞれの家庭の事情に合わせて、欲しいたれの作り方や材料を聞いてくる。

「バーベキューコンロのセットに関しては、ゴルドさんにお願いするといいですよ。私も作ってもらったので」

「なるほど～。ゴルドさん、お願いしてもいいかしら～」

「おう、相応の報酬を払ってくれるならいいぞ」

「もちろんだわ～」

ゴルドさんと主婦たちの間で値段の交渉をし始めているけど、それぞれの旦那さんに諌《いさ》められて、引き下がっていた。

明日あたり、また交渉するんだろう。

「リン、誘ってくれてありがとうな」

エアハルトさんがイカを食べながら、話しかけてきた。

「いえいえ。楽しんでますか？」

「ああ。上級ダンジョンに潜っても、食べ方を知らないと損するってことがよーくわかったよ」

「ふふ、それはよかったです」

よっぽど味が気に入ったらしく、お酒を片手にずっと食べている。

本当ならビールがあればもっと美味しいんだろうけど、私は知らないからね、作り方なんて。

なので、それは黙っておこう。

あとは、ドワーフが作っているという火酒《かしゅ》だっけ？　あれも魚介類によく合うみたいで、ゴルドさんがご機嫌な様子で食べているのが印象的だ。

「あ、そうだ。今さらなんですけど、お店を手伝ってくださって、ありがとうございました」

エアハルトさんの厚意でアレクさんやララさん、ルルさんが手伝いに来てくれているのだ。

もともとはみなさん、エアハルトさんの家の使用人だからね。

「いやいや。あの人気を見たら、さすがにリンだけじゃ無理だと思ったからな。俺は仕事があるから手伝えないし、当面はアレクたちと一緒に頑張ってくれ」

「ありがとうございます。誰か人を雇えればいいんですけど……」

「そこはいずれ相談にのってやるから、今はアレクたちに頼っておけ。彼らも嫌がってないから」

そこに、アレクさんたちが来た。

「そうですよ、リン」

「わたくしたちも楽しんでおりますわ」

「そうですわね」

ほんとにみなさん、いい人でありがたいなあ。

その後も各家庭の得意料理を教わったり、ダンジョンに潜った話をしたり、果物や魚介類をお裾分《すそわ》けしたりして楽しく過ごした。

片づけを全員でしているときバーベキューコンロの一組をゴルドさんが、残りの二組を私が家にしまうとみんな羨ましそうな顔をしてた。

私だってそれなりの報酬を払って作ってもらったんだから、みなさんもそうしてくださいね！

片づけも終わったので解散する。

また明日な、と言って私の頭を撫でるエアハルトさん。

他の人たちにも同じように頭を撫でられてしまった。

……もういっそのこと、子どもとして過ごそうかと思うくらい、凹《へこ》んだ夜だった。


そんなこんなで数日が過ぎた。

今日は騎士団へ向かい、料理教室を開くことになっているんだけど、正直言って行きたくない。

何度も料理人のマルセルさんに適任だと話したんだけど、自分には無理だと突っぱねるばかり。

エアハルトさんはその都度《つど》、「リン、すまない」と謝ってくれるんだけど、なんだか悩んでそうに見えるエアハルトさんに、私も「大丈夫です」と返すことしかできない。

マルセルさんも貴族だっていう話だし、強くは言いにくいしね……。

そんなやり取りを思い出して憂鬱《ゆううつ》になるけど、何度も教えに行かなくてすむよう、しっかり覚えてもらうんだから！　と気合を入れる。

「おはようございます」

「おはよう、リン。では行こうか」

「はい」

昨日アレクさんから待ち合わせについて連絡をもらっていたので、間に合うように起きてご飯を食べてから行ったんだけど、玄関にはすでに馬車がいた。

シンプルな作りで、二頭立て。しかも、軍馬《スレイプニル》の馬車だ。なんて贅沢な……

エアハルトさんのエスコートで、馬車の中へと入る。中にはクッションもあった。

「時間が短いとはいえ、揺れるからな。クッションを敷いておけよ？」

「はい」

言われた通りにクッションを背中やお尻に敷くと、扉が閉まって馬車が走り出す。

騎士団まで馬車だと十五分くらいなんだって。

気分が悪くなるほどガタガタ揺れる——なんてことはなかった。

確かに揺れてはいるけど、想像以上に揺れが少ない。

あれかな、サスペンションだっけ、それがついてるのかな。

そんなことを考えていたら、エアハルトさんがなぜか謝罪してくる。

「父上とロメオ、それにマルセルが悪かった。リンは薬師だからと何度も窘《たしな》めたんだが……」

「仕方ないですよ、それは。今まで安易に教えてきた私にも原因がありますし」

「そうかもしれないが、それでもリンではなくマルセルが行くべきだった」

まったく、アイツは……とブツブツと文句を言っている。

「ただし、騎士団とガウティーノ家だけですよ？　他には行きませんから」

「ああ。そこはビルにも話したし、マルセルにも約束させた。今度はお前が行け、とな」

「まさか、ガウティーノ家に行く日に、他の家の料理人さんまでいたりして……」

「……」

「……」

「……あり得るな……」

二人して妙に納得してしまったのは、どうしてなんだろうね？　本当にいそうで怖いんだけど！

「ま、まあ、そうだった場合はあちこちに行かなくていい分、楽かもしれないし、他の貴族には私のことは一切漏らさないって約束してくれるなら……」

「よし、全員に誓約《せいやく》させよう。ついでに漏らしたら命はない、と脅しておくか」

物騒《ぶっそう》なことを言うエアハルトさん。

というか、貴族って本当に怖い。

そんな話をしているうちに騎士団に着く。

騎士団の食堂に横付けする形で馬車が停まり、私はエアハルトさんと一緒に馬車を降りる。

二人して厨房《ちゅうぼう》に案内されたところ、中で待ち構えていたのは、屈強なおじさまたちでした！

ムキムキな大胸筋とか、上腕二頭筋《じょうわんにとうきん》とか、背筋《はいきん》とか！　ごちそうさまです！

本当に料理人さんなのかな⁉

「エアハルト、その子がそうか？」

おじさまたちの中でも、一番ムキムキな人が尋ねてきた。

「ああ。本業は薬師ではあるが、料理の知識も豊富だ」

「は、はじめまして。リンと申します」

「おう、オレは騎士団の厨房《ちゅうぼう》を預かっているブルーノという。今日は頼むな」

「はい。よろしくお願いします」

きっちり頭を下げてから、厨房《ちゅうぼう》に入るための身支度《みじたく》をする。

もちろんエプロンを持参したし、つけるのは緊張したけど、第二王子様から褒美でいただいた髪飾りを使って、髪が落ちないように纏《まと》めたよ。

それを感心したように、おじさまたちが見ていた。

認められたみたいで嬉しい。

その後、手を洗い厨房《ちゅうぼう》の中へと通される。

材料などは先に伝えていたので、揃っているようだった。

「えっと、なにから作りますか？」

「野菜炒めだったか？　それから頼む。揚げ物は全部一緒にやっちまったほうが楽なんだろう？」

「はい。じゃあ、野菜炒めからですね」

そこからは本当に料理三昧だった。

野菜炒めから始めて唐揚げなどの揚げ物、ご飯の炊き方や味噌汁まですべてを教える。

もちろん一緒に作りながらだ。

ご飯は土鍋を使って炊くことにした。

木のカップ一杯を一合と想定し、騎士たちなら一人一合以上は食べるだろうと思って、カップ二杯分を一人分と考えたほうがいいかも、と教えた。

正しい量に関しては、私にはさっぱりわからないから、おじさまたちで試行錯誤《しこうさくご》してほしい。

料理の説明をしている間、おじさまたちは、熱心にメモを取っていた。

一緒に作業している間も、ずっとそわそわというか、ウキウキしていたんだよね～。

本当に料理が好きなんだなあって感じた。

おじさまたちの様子を見てなにか違和感を感じたけど、思い出せなかったから、一旦放置する。

揚げ物を作る前にタルタルソースを作ろうと思ったんだけど……

問題は、タルタルソース作りの必需品《ひつじゅひん》、マヨネーズにある。

【生活魔法】の除菌・殺菌作用がある洗浄を使うとはいえ、卵を生で使わないといけないからね。

タルタルソースが作れなかった場合、代用はレモン汁か塩ダレにしよう……なんて考えながら、生卵を使うことを告げた。

あっさりとOKが出たので、必要な材料を伝える。

卵白が勿体《もったい》ないので、今回は全卵で作るように話した。そのほうが味がマイルドになるしね。

で、卵を割り入れて、他の材料を入れながら泡立《あわだ》ててもらっているんだけど……

おじさまたちはムキムキだからなのか、泡立《あわだ》て器なんかいらないくらいに出来上がるのが早い。

そうこうしているうちに全員終わったので、それぞれ味見をして、なにが足りないか指摘する。

同じ味を作ることができるようにしないと、意味がないから。

「おお、これがマヨネーズってやつか！」

「はい。このままでも調味料として使えるんです。野菜につけて食べたり、お肉に塗って、チーズをのせて焼いてもいいですしね」

「なるほどなあ」

「で、これができたら、次はタルタルソースの中身です」

今回はきゅうり、玉ねぎ、ピクルス、パセリに似たパーセを使う。

それぞれみじん切りにして、マヨネーズに混ぜるだけでタルタルソースの出来上がりだ。

そのあと唐揚げと一口カツを作る。

唐揚げの味付けは、醤油とにんにく醤油の二種類を教えた。

一口カツはオーク肉で作る。ボアのお肉で作ってもいいと言うと、両方の味を試したいからとボア肉も持ってきたよ、ブルーノさんは。

食べることが好きなんだなあ。

そして出来上がった料理を試食する。

「タルタルソースはカツに使います。ソースをつけても美味しいです。パンにキャベツと一緒に挟んで食べるアレンジ料理もありますよ。あとは唐揚げはご飯と一緒に食べると……って、もう食べてるし！」

私が説明する前から、おじさまたちは唐揚げと一口カツを食べていた。

「はふ、あつっ！　うまっ！」

「はふ……う、美味い！」

「おお、パンに挟んだやつもいいいな！」

「ご飯もいいぞ！」

とてつもないスピードで料理をたいらげていくおじさまたち。

蕩《とろ》けそうといった表情……なんてシュールな絵面なんだろう……

「す、素早すぎる……」

一個じゃ足りないだろうからと、カツも唐揚げも一人三個ずつ渡したんだけど、すぐに食べきっていた。

「今回はお肉を使いましたけど、このカツは他にもロック鳥や魚でもできますよ」

「なるほど、幅広く使えるってことか」

「はい。それに、タルタルソースを作っている時間がないのであれば、ソースだけでもいいです」

「確かにな」

ソースは普通に売っているからね、この世界って。検索すればレシピも出てくる。

試食が一段落ついたところで、お味噌汁を作る。今回は豚汁ならぬ、オーク汁にしてみます。

個人的には豆腐と油揚げを入れたいけど、どちらもないので我慢。

まずは、味噌をお湯で溶いただけのものを飲んでもらう。

「スープになると味が変わるんだな」

「何も手をいれないままだとしょっぱいというか、塩っからいですからね。味噌はスープにするだけじゃなくて、料理にも使えますよ」

料理に関しては、オーク肉に塗ってしばらく置いてから焼く、山賊焼《さんぞくや》きを教えた。

「今回はこのかつおぶしを使って出汁《だし》をとって、お味噌汁を作ります」

「これって乾いた木じゃないのか？」

「違います、元はお魚なんです」

上級ダンジョンで取れたかつおぶし。

削り器がないから、どうにも使えなくて困っていたらブルーノさんが削り器を持っていたのだ。

なんと、ふたつ持っているというので、ひとつ譲ってもらえることに！

ブルーノさんたちも削り器の使い方がわからなくて、困っていたらしい。

せっかくなので、かつおぶしを削るところから教えた。

あたりにシュッ、シュッ、といい音がし始める。

すごいなあ、おじさまたち。今のところ、一回も料理を失敗してないもん。

あれかな、料理人のスキルでそういうのがあるのかな？

かつおぶしが削れたら一旦放置し、お湯を沸かしてもらう。

沸騰したら火を止め、削ったかつおぶしをお湯の中に入れて一分ほど待つ。

そのあとは布で漉《こ》しながら、中身を別の鍋に移してもらった。

そうして別の鍋に残ったのは、透き通った黄金色の液体。

「味見してみますか？」

スプーンで掬《すく》ってもらって、味見をしてもらう。

「「「「「おお！」」」」」

おじさまたち、よい反応をありがとうございます！

美味しいよね、かつおだし。昆布もあるから、帰ったら炊き込みご飯を作ろうかな。

「タキコミゴハンとはなんだ？」

ブルーノさんが興味津々《きょうみしんしん》に私を見つめている。

「あれ？　口に出ていましたか？」

「思いっきりな」

「あらら。まあいっか」

炊き込みご飯とは、ご飯に入れるお水を出汁《だし》にして、その中に醤油やお酒、材料を入れて炊いたものだと簡単に説明した。

作ってみてほしいと言われたので、お味噌汁を作る傍《かたわ》らで作ることに。

どんな炊き込みご飯がいいかな。こんにゃくを入れない五目ご飯みたいなのがいいかな？

そんなことを考えながら、私は材料と調味料を入れ、ご飯を火にかける。

ブルーノさんには、味噌汁のあくとりをお願いしたよ。

あくとりをしないと雑味がでて、美味しくないからと説明もした。

味噌汁の具に火が通ったら、味噌を投入。

このとき味が酸っぱくなってしまうから絶対に沸騰させないことを伝えると、抜群のタイミングで火を止めてくれた。

「ん……、これくらいかな。好みもあるとは思いますけど、ちょうどいい塩梅《あんばい》だと思います」

「どれ……。おお、野菜と肉の味が出て、複雑な味になっているな。味噌だけよりも、こっちのほうが断然いい。それに、腹にも溜《た》まりそうだ」

「でしょう？」

味噌汁を飲んでニコニコしているおじさまたち。

飲み終わったあとは練習と称して今日私が教えた料理をもう一度作っている。

そうこうするうちに炊き込みご飯が出来上がった。

同じタイミングでおじさまたちの練習が終わったのでそれぞれお皿に盛る。

全員が席に着いたところで、おじさまたちは再びすごい勢いで食べ始めた。

「う、うめぇ！」

「あのロック鳥がこうなるのか……」

「オークもボアも、ただ焼くだけよりはいい」

〈リン、炊き込みご飯、美味しい♪〉

〈シューッ♪〉

ラズとスミレも機嫌よく食べている。

おじさまたちに至っては、こうしたほうがいいとかどのお肉を使えば安く仕上げられるとか、アレンジレシピを模索《もさく》し始めている。

なにかのヒントになったならよかった！

そんなおじさまたちを眺めているうちに、さっき感じた違和感に気づいた。

マルセルさんは私のアドバイスをメモしたり、アレンジレシピを考えたり、そういうことをしていなかったのだ。

マルセルさんは本当に料理が好きなんだろうか。

おじさまたちの反応を見ていると、違うような気がする……と疑問を抱きつつ、ふと厨房《ちゅうぼう》の外を見ると……

「うわっ！　ブルーノさん、な、なんですか、あれ！」

「ん……？　ゲッ！」

たくさんの騎士たちがいて、羨ましそうに料理《こっち》を見ていた。

その中にはビルさんや団長さん、一緒にダンジョンに潜った顔見知りの騎士たちもいる。

しかも、エアハルトさんまでこっちを見てるし！

このままだと絶対に晩ご飯の調理も手伝わされるよね、これ。

よし、逃げよう。三十六計《さんじゅうろっけい》逃げるに如《し》かず！

「じゃ、じゃあ、終わったので、私はこれで！」

「帰すわけないだろうが！　手伝ってもらうぞ、お嬢ちゃん」

「いやー！」

おじさまたちに囲まれ、ブルーノさんにはガシッ！　と両肩を掴《つか》まれ、逃げることができない。

午前中だけの約束が結局晩ご飯作りまで手伝う羽目《はめ》になり、ヒーヒー言いながら、お手伝いをしたのだった。

団長さんとブルーノさん、恨みますよ！


そして私は今、とっても戸惑っている。

その理由は、目の前のテーブルにドン！　と置かれた大きな袋。そして、たくさんの薬草と食材。

そしてなによりもテーブルを挟んだ向こう側に座る渋くて素敵な二人のおじさまと、私の隣に座るキラキラした人の存在が大きい。

ちなみに、五人の騎士に加えて執事服を着た人と、メイド服を着た人もいる。なんか、囲まれている状態です。


事の起こりは晩ご飯終了間際だった。

私はマンゴージュースを全員に配る傍《かたわ》らで休憩をしていた。

「貴女が薬師殿かい？」

「はい？」

長い黒髪を首のうしろで縛り、翠《みどり》色の瞳《ひとみ》をしたキラキラした男性が、にこにこしながら話しかけてきたのだ。

とってもイケメンなお兄さん。

そのうしろには、お兄さんに似た威厳《いげん》たっぷりの壮年《そうねん》の男性が一人と、黒髪で薄紫色の瞳《ひとみ》をした人がいる。

キラキラしたお兄さんはどこかで見たことがあるような……

「リン、すまない。こっちに出てきてもらえないかな」

どこで見たんだっけと内心首を傾げていると、団長さんから呼びかけられた。

どうしようかなと思ってブルーノさんのほうを確認すると、ぎょっとした顔をしながらも頷《うなず》いていたので、おじさまたちに声をかけてから、荷物を持って厨房《ちゅうぼう》の外へ出た。

なにを思ったのか、キラキラした男性に腕を掴《つか》まれる。

逃げませんから離してくださいとお願いしたら、離してくれたけどね！

というか、周囲を騎士たちに囲まれてるんだから、逃げられませんって。

嫌な予感しかしない！

そして連れていかれたのは、団長さんのお部屋。

平民は、様々な手続きがないと王宮内に入れないから、団長さんのお部屋にしたらしい。

ここが一番安全だからという理由もあるみたい。

というか、私はなんで連れてこられてるんだろう？　さっぱりわからないんだけど！

それに、私を連れてきた三人の服はすっごく豪華だし、所作《しょさ》も立ち居振舞《ふるま》いも綺麗《きれい》というか優雅だ。嫌な予感しかしない！

席に着いてと言われたけど、相手が貴族とか王族だとしたら、平民の私は座るわけにはいかないと思うんだよね。

そう思い戸惑っている私を見て、壮年《そうねん》の男性が声をかけてくれた。

「なにも気にせず腰掛けてくれ。話ができぬ」

「は、はい」

緊張しながら席に着く。

ラズとスミレは警戒する様子もなく、おとなしくしている。

私が席に着いたのを見て、メイド服を着た人が動きだす。

数分もしないうちに、全員の前にすっと紅茶が置かれた。

しかも、ミルクティーになっていた。

私が作り方を教えたのは最近のことなのに、もう王宮にまで伝わっているのかと驚く。

「儂《わし》はアイデクセ国国王、アルノルトという。彼は宰相のエドガル、そして息子のローレンスだ」

「エドガル・インゴ・モーリッツと申します。宰相をしております」

「僕は第二王子のローレンスと言います」

「リンと申します。平民の薬師です」

おおう、いきなり王族二人と宰相様が来ちゃったよ！　嫌な予感的中だよ！

挨拶をしたあと、さっそくとばかりにジャラジャラと音がする袋と、薬草や食材が入っている籠《かご》が五つ、デーン！　とテーブルにのせられた。

どうしたらいいかわからずにきょろきょろしていたら、王様が許可をくださったので、話しかける。

「あ、あの、これはなんでしょうか」

「そなたに対する褒美だな」

「ほ、褒美、ですか？　神酒《ソーマ》をお渡しした以外では、いただくようなことはしていないと思うんですが」

「いや、したであろう？　果物を発見したし、各国で指名手配されていた犯人を捕らえたではないか」

「あ〜……」

忙しくてすっかり忘れてたよ、どっちも。

「その顔は、忘れておったんだな？」

「う……、はい」

「まあよい」

王様も宰相様も、全員が苦笑しているよ……

気を取りなおして、目の前の褒美について説明を受ける。

薬草と食材はあのBランク冒険者三人を捕らえた褒美で各国から贈られたものだそうだ。

私が薬師だと知って、各地にある貴重な薬草や特産物を贈ってくれたのだという。

他にもあと籠《かご》五つ分あるそうで、それは帰りに持たせてくれるそうだ。

……こんなに褒美をいただけるなんて、どんだけ悪さしてきたのかな、アイツらは。

で、袋のほうは、果物を発見したことに対する褒賞金が入っているそうだ。

私がダンジョン内で見つけたアップルマンゴーとさくらんぼ、イチゴは輸出できるほどの収穫量が見込めたらしい。

「え……そんなに採れたんですか？」

「ええ。ダンジョン内の果物は、収穫しても一日でまた生《な》りますからな。全部採ってしまっても問題なかったそうです」

「それはまた……」

ふと漏らした疑問に宰相様が答えてくださった。

「とても美味しゅうございました。ですので、まずは各国の王家に献上したところ、みなさん気に入ってくださったのです。そういった経緯で、輸出の運びとなりました」

「そうなんですね。それはよかったです」

おお、あの果物たち、各国の王家に気に入られたのか〜。

美味しいもんね、どの果物も。

なくなったらまた採りに行こうかな。

「なにを他人事《ひとごと》のように仰っておられるのです？　貴女が成したことではありませんか」

「はい？」

「おや、無自覚ですかな？　貴女がこれらの果物は食べられると教えてくださったおかげで、我が国の新たな特産品が生まれたのです」

そう言って渡された袋の中には全部で白金貨五百枚、つまり五十億エン。

庶民には足が震える金額が入っていた。

「こ、こ、こんなにたくさん、いただけません！　薬草と食材だけで充分です！」

「そうは言うが、これも国に貢献したという証でな。示しがつかんからきちんと受け取ってもらえんかね」

「うぅ……はい」

王様に言われてしまったなら仕方ない。

逆らってもいいことなんてひとつもないので、諦めた。

「次は僕ですね。僕の腕を治してくださって、ありがとう」

王様との話が終わると、第二王子様が話しかけてきた。

「あ……。腕って、団長さんとガウティーノ侯爵様が神酒《ソーマ》をお渡しした……」

「そうです。貴女が作った神酒《ソーマ》のおかげで腕も治り、また、ダンジョンに潜れるようになりました」

「ダンジョンに、潜る、ですか？」

王族の方だし、とてもダンジョンに潜るようには見えないんだけどなあ……

騎士みたいにがっしりした体型をしてるけども。

「ふふ。ダンジョンにいたときとは違うんですね」

「へ……？」

「リュゼ、僕の装備を」

「はい」

名前を呼ばれた執事服の人が、王子様の上着を脱がし、冒険者の装備を嵌《は》めていく。

髪を高い位置でのポニーテールに結いなおし、背中に見たことがある大きな剣を背負う。

そのいでたちは、上級ダンジョンで見た、Sランク冒険者。

「あーーー！　グレイさん！」

「ふふ、正解です。ハマヤキはとても美味しかったです。ありがとう」

「な、な、なんで！」

「あのときは腕が治ったばかりで、慣らすためにダンジョンに潜っていたんです。まさか、本当に神酒《ソーマ》を作ってくださった本人にお会いできるとは、思っていませんでした」

くすくすと笑うグレイさん――いや、ローレンス様。

Sランク冒険者の多くはその身分を知っているが、他言無用《たごんむよう》になっているそう。

だから『猛《たけ》き狼《おおかみ》』のみなさんは、知っていたけど私には話さなかったんだろう。

なんか、騙されたような気がしてしょうがない。

「騙すような形になってしまい、すみません。ですが、僕は素《す》のリンの人となりを知ることができてよかったですよ」

「う～～～……」

「……っ」

「その髪飾りもよくお似合いですね。贈ってよかった」

王族だからなのか、自然な仕草で髪飾りを触り、頭を撫でてから髪をすくローレンス様。

「は、は、恥ずかしいので、やめてください！」

「真っ赤になって照れちゃって。可愛いですね。小さいのに頑張り屋さんですし」

「ローレンス様、小さいって言わないでください！　これでも成人してるんですから！」

「おや、それは失礼。あと、ローレンスではなく、グレイと。ダンジョンで呼んだときのように呼んでください」

「ぐ、グレイ、様？」

「ダメです。それだと他の人に王族とバレるでしょう？」

「うう……グレイさん」

絶対にからかってるでしょ、これ。ずーっとくすくす笑ってるんだもん。

やはり自覚があったのか、からかったお詫びに……と言って、腕の怪我《けが》について話してくれた。

グレイさんは以前、上級ダンジョンの下層に潜っているときにヘマをして魔物に襲われたそうだ。

そのとき、左腕を食いちぎられたうえに、左目も潰されたらしい。

パーティーを組んでいた人となんとか魔物を撃退して、脱出したけど、その人も酷い怪我《けが》を負ってしまったという。

「もう、二度とダンジョンには潜れないほどの大怪我《けが》だったんだ。だから、ありがとう。本当はリンが西の上級ダンジョンに潜るという噂を聞いてあの場に行ったんだ。ホタテのバターショーユは本当に美味しかったよ。あと、ゴハンというものも」

今まで魚はそれなりに食べられていたけど、貝は捌《さば》くのが大変で人気がなかったそうだ。

だからダンジョンで浜焼《はまや》きをしたときに、捌《さば》かずそのまま焼くだけでいいと知ってとても驚いたんだとか。

尚且つその風味豊かな味に感動して、王様や重鎮《じゅうちん》たちに食べてもらおうと第六階層で採りまくってから戻ったんだって。

「おお、あの魚介類やコメというものも、そなたが食べ方を教えてくれたのか！」

「とても美味しゅうございましたね。おかげで、我が国の食文化が豊かになります」

王様も宰相様もニコニコしている。二人とも気に入ってくださったんだね。

「またあとで、褒美を出さねばな。この紅茶の淹《い》れ方もリンが教えてくれたのではなかったか？　ロメオ」

「はい。彼女が教えてくださったものです、陛下。他にも、焼菓子を教わりました」

「そういえば、そなたの家の茶会の噂を聞いて、王妃が羨ましがっていたな。リン、今度は王宮にて、その菓子の作り方を教えてくれぬか」

な、なんですとーーー!?

団長さんを見ると、とっても申し訳なさそうな顔を装《よそお》ってるけど、目が思いっきり笑っている。

くそぅ……確信犯でしょ！

「わ、わかりました……。あの……先にガウティーノ家に教えに行く約束をしているのです。そうなると王妃様をお待たせしてしまいますよね？」

「ふむ……。ロメオ、侯爵家に王家の料理人が行くのは構わぬか？」

「陛下が仰るのであれば、大丈夫でしょう」

「なら、そのように手配しよう。リン、次の休みはいつだ？」

「五日後です」

「相《あい》わかった」

ああ……大変なことになっちゃったよ……

しかも、王宮で働く料理人さんに教えるなんて、ガクブルものだよ〜！

これは、やっぱマルセルさんが行くべきでしょ！

それはともかく、お待たせする分、先に王妃様になにか贈ったほうがいいかもと思い、提案してみる。

「あ、あの、お菓子は手持ちがあるんです。先にご試食なさいますか？」

「ほう？　焼菓子か？」

「はい。ダンジョンで採れたジョナゴールドという赤いリンゴと、バナナを使ったものです」

「ほう……。食べてみたい」

「わかりました。今お出ししますね」

リュックからミニアップルパイとリンゴジャムを使ったパウンドケーキ、そしてバナナのパウンドケーキを出す。

焼きたてホカホカだったことに驚いていたけど、なにも言われなかった。

毒見役らしき人が毒消し魔法をかけ、パウンドケーキを切り分けている。

それを王様と宰相様、グレイさんに渡していた。

残りは外に持っていったから、王妃様や他の王族の方に配るんだろう。

「ふむ……リンは【無限収納《インベントリ》】持ちか？」

「はい。私自身というよりは鞄が、ですが。【家《ハウス》】と一緒に置いてあったものと、孤児院の人が教えてくれました」

孤児であると伝えたら、王様は痛ましそうな顔をしていた。でも、新たになにかを決意したような顔もしてたから、なにかしらの政策を思いついたんだろう。

孤児の生活が変わるといいなあ。

ちなみに、【無限収納《インベントリ》】がバレたときの言い訳は、アントス様がつけてくれたものです。

「そうか……。とても貴重なものだから、他人には知られないようにしなさい。もしくは、自分で買ったマジックバッグだと言うようにな。他の者も話さぬように」

「「「「かしこまりました」」」」

「気を遣っていただいて、ありがとうございます」

その後、旅をしてこの国まで来たこと、その途中でエアハルトさんとビルさんに会い、ガウティーノ家でお世話になったこと。ダンジョンに潜った話や店を開いた話など身の上話をして、おひらきとなった。

ついでに、王家にもポーションの納品を頼まれてしまった。

ただし、有事の際に王家が必要と判断した場合に限ってのことで日常的に納品するわけではない。

こればかりは仕方がない。なにかあったときに役立つからね、ポーションは。

当然だけど、私利私欲《しりしよく》に使うなら二度と納品しないと言ったら、優しい顔をして、全員から頭を撫でられた。

認められたみたいで嬉しいけど……くぅ〜！　だから、私は成人していると……！

夜も更《ふ》けてきているからと帰りは団長さんが送ってくれることになったので、一緒に騎士団の敷地から外に出る。

外はすっかり暗くなっていて、月が輝いていた。

「遅くまですまなかった、リン」

歩きながら団長さんが謝ってきた。

「それは大丈夫ですけど、レシピの件はびっくりしました。私が教えたってあちこちに広まっているんですね……正直怖いです」

危ない目に遭わないために、私が珍しい知識をもっているって知られたくなかったのに。

もう手遅れだよね……

「それは悪かったと思っている。ただ、王家の後ろ盾はとても強いものだから、危険なことはないだろう」

「だといいんですけど……」

団長さんは大丈夫だと言うけど、安心はできない。

今までに私が教えたレシピに関しては王家が管理して、必要に応じて他の貴族の家に教えてくれることになっているので、大丈夫だと思いたいけど……

お店まで送ってもらい、家の中へと入る。

今日はなんだか疲れてしまったよ……

なのでさっさとお風呂に入り、寝てしまった。

そして店がお休みの日にラズとスミレ、アレクさんと一緒にガウティーノ家にドナドナ……じゃなくてお邪魔してるんだけど……

「……ずいぶん多いんですね」

「すまない、リン。これでも絞《しぼ》ったんだがね……」

「絞《しぼ》って十五人ですか……」

にっこり笑うだけの侯爵様。

王宮料理人だけじゃなくて、他にも貴族の家の料理人がいるでしょ、これ。

あの笑顔を見る限り、確信犯だ〜。

マルセルさんは今回も逃げ……じゃなくてお願いされてしまったので、私が教えるしかない。

くそう。

内心で溜息をつき、料理人のみなさんとお互いに自己紹介です。

料理人はガウティーノ家から二人、王宮料理人が三人、エルゼさんの家とビルさんの家から二人ずつ。

あとは私が知らないおうちの人らしい。きっと侯爵様が懇意《こんい》にしていて、信頼関係が築けている貴族なんだろう。

みなさん私が料理人ではなく薬師だと知ると驚いていたけど、特になにも言われなかった。

今回教えるレシピは騎士団で教えたものに加えてホタテのバターソテー、アサリのワイン蒸し。

お味噌汁の具は、ダンジョンで採れたわかめや市販されているキノコ、じゃがいもと玉ねぎ、ホーレン草とアサリだ。

デザートとしてバナナとリンゴジャムのパウンドケーキとミニアップルパイ、スライムゼリーを使ったマンゴープリンとミルクプリン、オレンジゼリーも作ることにした。

これだけデザートを作るとなると、生クリームが欲しくなるなあ。

あるかなあ……今度探してみようかな。

「レシピは行き渡りましたか？　調味料や材料が足りない、あるいは持っていない方は教えてください。予備がありますので、お譲りいたします」

「オレに醤油を売ってくれ」

「僕は味噌を」

「私はかつおぶし？　というものが欲しいです」

「わかりました」

名乗り出てくれた人にそれぞれの調味料や材料を渡し、どんなものなのか、どこで採れた、あるいはどこで買ったものなのかを説明する。

かつおぶしと削り器はブルーノさんと同じように使い方がわからず、みんな困っていたらしい。

先に出汁《だし》を取ったほうが効率がいいからと削り方とやり方を教え、一旦そのまま放置。その後も時間のかかるパウンドケーキを先に作るなどして、てきぱきと料理を作っていった。

作っている間中、料理人のみなさんは真剣に、そしてキラキラとした目でメモを取ったりしていたのが印象的だった。

一緒に料理をして、いろんな話をしたことで料理人さんたちと仲良くなった。

そんな中でガウティーノ家の料理人さんに見せられたのは、白くて四角い、柔らかいもの。

「なあ、リンちゃん、これの使い方を知らないか?」

「どれですか?」

「これなんだが……。トーフってやつなんだが、知っているか?」

「え……トーフ!?　や……やったーーー!!」

なんと、お豆腐だった。しかも油揚げと厚揚げもあり、私は一人で万歳《ばんざい》をしている状態だ。

「ちょっ、リンちゃん!?」

「あ、す、すみません。ずっとこれを探していて……。どこのものなんですか？」

「特別ダンジョンの一階で採れるんだそうだ。ロメオ様が持ってきたんだが、使い道がなくてな」

「これならいろいろ作れますよ～」

「「「「ほんとか!?」」」」

ガウティーノ家だけじゃなく他の家の料理人さんたちからも驚きの声があがる。

簡単に作れるものなら教えるからと一旦落ち着いてもらう。

お豆腐と油揚げ、厚揚げがあるならなにがいいかな。

ひき肉があったらお豆腐と合わせて豆腐ハンバーグを作れるんだけど……

ひき肉にする機械……ミンサーがないか聞いてみようかな。

「あの、お肉を細かくする道具を知りませんか？」

「おお、あるぞ。これだろ？　肉を細かくしたところでイマイチ使い道がないから、これも使わないんだよな」

やっぱりありました！　王宮料理人さんが手持ちのものを見せてくれた。

「これって、どこで買えるんですか？」

「ダンジョン産なんだ。オレはふたつ持っているから、ひとつ譲ろうか？」

おおう、ダンジョン産でしたか！

というか、こういう調理道具ってダンジョンからしか出ないのかな？

かつおぶしの削り器もダンジョン産って言ってたし。

さっそくひとつ譲ってもらい、ひき肉の使い道を教えることになった。

そう、念願の豆腐ハンバーグを作るのだ！

付け合わせはじゃがいもを櫛形《くしがた》に切って素揚げしたもの。そして、いんげんに似た細長い野菜ととうもろこしに似た野菜をバター炒めにしたものだ。

他にも甘く煮たにんじんを添えてもいいと話した。

みんなメモを取りながら、同じように料理している。本当に仕事も作業も早いなあ。

そして出来上がりを食べたんだけど……やっぱり豆腐ハンバーグは美味しい。

ソースはケチャップでも、大根おろしの和風ソースでもいいかもしれないと伝えた。

あと、ひき肉はロック鳥のお肉にしたほうがいい、とも。

ヘルシーだし、ボア肉だとせっかくのお豆腐の味が負けちゃうからね。

ついでに、お豆腐とわかめのお味噌汁、お豆腐と油揚げのお味噌汁も作ったら、料理人さんたちはひたすら無言で食べていた。

そんなに美味しかったのかな？　だと嬉しいな！

私も久しぶりのお豆腐料理を満喫できて満足です！

ガウティーノ家の料理人さんがお豆腐と油揚げ、厚揚げを今日のお礼だと譲ってくれた。

「いいんですか？」

「ああ。予定していたもの以上に教わったからな。これなら旦那様も気に入るだろう。ありがとな」

「どういたしまして。私も侯爵様にはお世話になりましたし。気に入っていただけるといいですね」

「僕たちもありがとう。これでお嬢様たちもお喜びになります」

「俺たちもだ」

各家の料理人さんたちから感謝され、報酬もいただいた。

お金と調理道具、各家の領地の特産物です。

その中にこんにゃくがあったのには驚いた。

なんと、こんにゃくはビルさんの家の領地で採れる特産物でした！

「ビルベルト様にお礼を言ってください。欲しかった食材でしたって」

「ああ。リンちゃんが喜んでいたと伝えておくよ」

ガウティーノ家をあとにする料理人さんたちと、それぞれ握手をする。

私も帰ろうとしたら、侯爵様に呼び止められた。

「今日はすまなかった、リン。予定にないことまでさせてしまって」

「楽しかったですし、欲しかった食材や調理道具をいただけたので、大丈夫です」

「そう言ってもらえると助かる。これ以上のことはないと断言する。リンの負担になるだろうからな」

ありがとうございますとお礼を言い、侯爵家をあとにする。

わざわざ馬車を出してくれて、アレクさんと一緒に送ってくれた。

楽しかったけれど人数が多かったから、さすがに疲れてしまったよ……

まだ明るかったので庭の手入れをしていると、ラズとスミレも手伝ってくれた。

といっても、採取してくれたり、あたりを警戒してくれたりだけどね。

あと、スミレは害虫を食べていた。さすが益虫。

「ふふ……。家族になってくれて、ありがとう」

〈ラズもありがとう！〉

〈シュー ッ♪〉

二匹を撫で回し、家の中へと入る。

せっかくミンサーとお豆腐が手に入ったからと、ロック鳥を使い豆腐ハンバーグを作った。

ソースは大根おろしを使った和風ソース。

ご飯を食べ終わったら、次はポーション作り。騎士団用とお店用のだ。

明日は騎士団に納品する予定だから、不足分を作らないとヤバイ。

無事すべてを作り終わり、お風呂に入ってから布団に入ると、すぐに二匹の寝息が聞こえてきた。

薬草採取もいいけど、今度は豆腐狩りもしたいなあ……なんて思いながら、私はラズとスミレの温もりに包まれつつ、眠りについた。

第三章　新たな従魔《じゅうま》ともぐもぐスローライフ

侯爵家を訪れてから数日後。

ラズとスミレは未だにご機嫌な様子で、騎士団やガウティーノ家でのご飯の感想を言い合っている。

また炊き込みご飯が食べたいんだって。

よし、今日の晩ご飯はそれにしよう。二匹のリクエストなら作るよ！

そして晩ご飯を食べ終わり、炊き込みご飯の感想を話している二匹の声を聞きながらポーションを作る。

すると突然、ラズとスミレが驚いたような声をあげて窓のところに行った。

なにかあったんだろうか？

〈リン、庭になにかいるよ〉

二匹と共に窓から庭を覗き込むと、確かになにかが蹲《うずくま》っているのが見える。

〈シュー ッ、シュシュッ〉

たちだという。

「は？　以前の仲魔《なかま》って、どういうこと？　スミレ」

スミレによると、一時期一緒にいた仲魔《なかま》で、怪我《けが》をしたせいで元主人に捨てられた子

「そういうのは早く言って！」

二匹と共に急いで庭へと向かう。

「大丈夫、すぐに治してあげるから」

二匹に通訳してもらいながら、魔物たちに近づく。

オオヤマネコやメインクーンのように、体がとても大きい猫が二匹。

加えて、子猫も二匹いる。家族かな。四匹ともあちこち怪我《けが》をしていた。

そしてその側《そば》には、大きな狼とその子どもがいた。

親狼のほうは瀕死《ひんし》のようで、息が荒い。大変！　すぐになんとかしないと！

慌てて神酒《ソーマ》を取りに行き、魔物たちにかける。

本当に酷い怪我《けが》だったんだよ……。

親猫は片目が潰れて片耳と片足はなかったし、子猫も耳や目、片脚がなかったんだから。

狼のほうも同じような怪我《けが》だったのだ。

しかも、子どもを庇ったのか、あちこちから血が出ていたから、余計に危ない状況

だった。
子狼も、痛々しい様子だった。
それほど酷い怪我《けが》でも、神酒《ソーマ》のおかげでみるみるうちに治っていく。
間にあって本当によかった……
驚いたように体を確かめた六匹は、私を見上げてきた。
ガリガリに痩せているから、ご飯も碌《ろく》に食べていないのかも。
だけど怪我《けが》さえ治ればどうにでもなるよね！
「おー、体を動かせるようになってよかった！　これで大丈夫だよ！」
〈〈にゃ～〉〉
〈がうっ〉
〈ありがとう。リンの従魔《じゅうま》になりたいって言ってるよ。ラズからもお願い〉
〈シュー、シュー〉
ラズとスミレからみんなを従魔《じゅうま》にしてあげてってお願いされてしまった。
どうしようかな……これ以上増えるの困るし……
だから先に確認しておくことに。
「もう怪我《けが》してる子たちはいない？　君たちはいいけど、これ以上従魔《じゅうま》が増えるのは、私も困るんだ」

〈にゃ～〉

〈がう～〉

〈もういないって〉

「そっか。いいよ。みんなうちの子になる？」

〈〈にゃー！〉〉

〈〈みゃ～！〉〉

〈〈がう～！〉〉

みんな名前が欲しいと言っているから、しっかり考えようと思う。これから家族になるんだしね。

「とりあえず、おうちに入ろうか。体を綺麗《きれい》にしないと。おいで」

近くに寄ってもらい、ラズと一緒に【生活魔法】を使って六匹の体を綺麗《きれい》にする。

おお、サラサラになったよ！

そのまま家の中に入れて、六匹にご飯をあげる。

ちょうどマグロの切り身があるから、猫たちにはそれを小さく切ってそれぞれに与え、狼たちにはブラウンボアのお肉をあげた。

よっぽどお腹がすいていたのか、一心不乱に食べる六匹。

名前はどうしよう……

親猫は、オスがはちわれのサバトラで、メスが茶トラ。子猫は黒と白。みんな尻尾が長い。

狼は、親子揃ってチャコールグレーの毛並みだ。

どちらも親のほうは、大型犬以上に体が大きい。中でも一番大きいのが狼だ。

「うーん……猫さんのほうは………お母さんはシマ、お父さんはレン。お兄ちゃんかな？　黒い子がソラ、妹の白い子がユキ、でどうだろう。で、狼さんのほうは、お父さんがロキ、子どもがロックでどうかな」

〈〈にゃー♪〉〉

〈〈みゃー♪〉〉

〈〈がう～♪〉〉

〈気に入ったって〉

「そっか。うん、よかった」

名前をつけたことで魔法陣が現れ、従魔《じゅうま》契約が成立した。

明日はきっと、エアハルトさんやアレクさんになにか言われるだろうなあ……まあいいか。

従魔《じゅうま》たちを見ていると、冒険者だけじゃなくて怪我《けが》している人みんなを助けたいなあって思う。

もちろん、好意的な魔物も。

ポーションのレベルが高いとはいえ、むやみやたらに治したりはできないとわかっているけど、できることはしたいのだ。

まだ駆け出し薬師だし、そのための勉強もしないとなあ。

自分にできることを精一杯こなしながら、侯爵様の言葉と初心を思い出して頑張ろう……

それに六匹の寝床も作らないといけないし、どうせなら増築しようかな……なんていろいろなことを考えながら、寝室で全員一緒に眠った。


そして翌朝、朝市に出かける。

従魔《じゅうま》たち用にそれぞれの家族が集まって眠れるような平べったくて大きな木箱を買う。

クッションをどうしようかと思っていたら、スミレが布を織ると言い出した。

「そんなことができるの？」

〈シュー♪〉

「じゃあ、任せるね。中に入れる綿《わた》を買っていこうか」

クッションができるまでは箱の中に毛布を敷くことにする。

どこに箱を置くか聞いたら、全員私の寝室がいいって！

なんて可愛いことを言ってくれるんだろう！

たまにはもふもふに包まれながら全員で眠るのもよさそう……なんて考えながら歩く。

商会に行って綿《わた》を大量に購入。私もクッションが欲しいと思っていたところだしね。

そして雑談ついでに、騎士団がお米を定期的に買ってくれることになったことと、冒険者からのお米の需要が増えたことを報告された。

「よかったですね！」

「ええ。これもリン様のおかげです。ありがとうございます」

店長さんはすごく喜んでる。

「私はなにもしていませんよ？」

「またまた。お客様たちから、リン様から米の調理方法を聞いたと伺っておりますよ？」

「げっ」

も～、誰かな!?　お喋りな人は！　自分がやらかした結果だけどさ！

お礼に米と薬草をお安くしますと言われ、結局買い込んでしまったのは言うまでもない。

　さすが商人、商売がお上手です。

で、他にも露店や別のお店で野菜やお肉、果物を買った。家に戻って、さっそくみんなでご飯。

「みんなは私が作ったものを食べても大丈夫なの？」

〈魔物だから大丈夫にゃ〉

〈肉も魚も、野菜も食べられる〉

　レンとロキが大丈夫だと言ってくれたので、安心して作ることができる。

「そうなんだ！　じゃあ、朝は親子丼にしようかな」

　親子丼ってなんだと従魔《じゅうま》たちから聞かれ、鶏肉やロック鳥と卵を使ったものだと説明した。

　従魔《じゅうま》たち用の親子丼はできるだけ小さく切ったお肉を使い、平べったいお皿に盛る。

　私はどんぶりサイズの、木の器だ。

「はい、どうぞ」

　全員の前に親子丼を置く。

　従魔《じゅうま》たちは、最初の数口は恐る恐る、そして徐々にスピードを上げてガツガツと食べている。

口に合ったならよかった～。

ご飯を食べたあと、従魔《じゅうま》たちはラズとスミレの案内で家中を見て回り、庭へと出ていった。

私はその間にポーション作り。

毎日ポーションを作っていると、日に日に店に補充する本数が少なくなってきているのがわかる。

そのおかげで材料も薬草も少しずつ在庫に余裕が出てきた。

まあ、最近は冒険者がみんなダンジョンに潜っていて、客足が落ち着いているからなんだろう。

ダンジョンから戻ってきたら一気に余裕がなくなりそうで怖いから、今のうちに作り溜めておこうと思う。

そうこうしているうちに、エアハルトさんとアレクさん、ララさんとルルさんが来た。

もうすぐ開店時間だけど、先にエアハルトさんたちに説明することに。

「リン……また従魔《じゅうま》が増えたのか……」

驚いた顔をするエアハルトさん。

「なりゆきなんですけどね」

ちょうどいいから、新たな従魔《じゅうま》たちにガウティーノ家の面々を紹介した。

頭のいい子たちなのか、みんなすぐに覚えたよ！

レモンティーを出しながら四人に昨夜のことを話すと、スミレのときと同様に、やっぱりテイマーに対して怒っていた。

「ビッグキャットのシマ、レン、ソラ、ユキと、グレイハウンドのロキ、ロックがいるなら、上級ダンジョンもリン一人で潜れるだろう」

「そうでございますね。ビッグキャットもグレイハウンドも、他の国では上級ダンジョンに出るような強い魔物ですからね」

従魔《じゅうま》たちを見回しながらエアハルトさんとアレクさんが教えてくれる。

それにしても、みんなものすごく強い魔物なんだなあ。

「ああ。あとはスミレがもう一度進化するかどうかだな」

「え、スミレってまた進化するんですか？」

「ああ。もう一回り小さくなって、デスタイラントになる」

死の暴君《デスタイラント》とはこれ如何《いか》に。

とんでもない蜘蛛を従魔《じゅうま》にしたんだね、私って。心強いなあ！

それに、ビッグキャットもグレイハウンドもこの国のダンジョンにはいないそうだから、間違えて討伐《とうばつ》されることはないと聞いて、ホッとした。

「この国にいないとはいえ勘違いされると困るから、従魔《じゅうま》の証としてなにかを身につけさせたほうがいいな」

腕を組み、真剣な様子でエアハルトさんが言ってくる。

「リボンとかでも大丈夫ですか？」

「ああ。リンの従魔《じゅうま》だとわかればいい。ついでにギルドに登録しておくと、もっと大丈夫だ」

「わかりました。お昼にでも行ってみます」

「できるだけ早いほうがいいからな。アレク、悪いがリンと一緒に行ってくれるか？」

「構いませんよ」

「ありがとうございます、エアハルトさん、アレクさん」

エアハルトさんが行きたそうにしてたんだけど、今日も騎士団でお仕事だそうなので、アレクさんが一緒に行ってくれることになった。

ほんと、ガウティーノ家にはお世話になりっぱなしだなあ……

そしてエアハルトさんは騎士団に出勤し、私たちはお店を開ける。

カウンターのソラとユキ、ロックを見てお客さんが驚いていた。

従魔《じゅうま》だと説明したら、彼らにも従魔《じゅうま》の証をつけたほうがいいと言われたよ。

「お昼にリボンを買いに行こうと思ってるんです」

「ああ、そのほうがいいね」

「それにしてもおとなしい子たちだな」

「触りたいわね！」

「触ってもいいかな」

〈〈グルル……〉〉

「拒否されたな」

「「ああん！　残念だわ……」」

おとなしくしているソラとユキ、ロックに女性冒険者たちはメロメロになっていたけど、触らせてもらえなくてガッカリしていた。

お昼になったので、従魔《じゅうま》たち全員を連れてアレクさんと一緒に商人ギルドへと赴《おもむ》く。

いつも私を担当してくれるキャメリーさんを発見。

「こんにちは、キャメリーさん」

「あら、リン様。こんにちは。本日はどうなさいましたか？」

「従魔《じゅうま》登録に来たんです。あと、彼らのリボンや首輪が欲しいのと、増築のお願いもしたいんです」

「かしこまりました。こちらへどうぞ」

個室へと案内された。

まずは従魔《じゅうま》たち全員を私の従魔《じゅうま》としてギルドタグに登録してもらう。

そして、商人ギルドで扱っている従魔《じゅうま》用のリボンや首輪を見せてもらった。

色は赤と黒、ベージュしかなかったけどね！

このリボンは私の魔力を流すことで、ギルドタグと連動するそうだ。

そうすることで私の従魔《じゅうま》とわかるようになっているんだって。

その場で全員にリボンの色を選んでもらい、つける。

ラズとスミレが黒、レンとロキとロックが赤、シマとユキとソラがベージュを選んだ。

というかスミレ……真っ黒になったら余計にわからなくなるじゃない。

スミレ自身が希望した色だから、仕方ないけどさ。

ラズはリボンの形に結んでから渡すと器用に体内に入れ、溶かすことなく頭のほうに移動させている。

他は首に巻いて、私の従魔《じゅうま》アピールです。

ロキたちによると、リボンには伸縮自在《しんしゅくじざい》の魔法がかかっているので、首回りがきついということはないらしい。本当に便利！

次に自宅の増築の相談をするために、建築担当者であるロベールさんも交えて話すことに。

ちなみにロベールさんはドワーフ族で、身長が高くて筋骨隆々《きんこつりゅうりゅう》な人でした！

「寝室を増築したいんです」

「増築でございますか？」

家を改装したばかりなのに……と不思議そうな顔をするロベールさん。

従魔《じゅうま》が増えたので、彼らと一緒に寝られる大きなベッドを寝室に置きたいと説明した。

「寝室の増築となりますと……リン様のご自宅でしたら、ここの壁の部分をこう、庭に張り出す形になりますね」

現在寝室にしているのは、南向きの二階の部屋だ。

ちょうど庭に面しているので、庭に柱を建て、バランスよく二階部分だけを長くするような感じで増築するみたい。

「では、これでいきましょう。他のお部屋も増築なさいますか？」

にこにこと笑顔で尋ねてくるロベールさん。

「今のところ大丈夫です。ただ、できれば出窓やテラスが欲しいです」

「ふむ……。でしたら、一階の出入り口付近から上の部分の東側をテラスのようにして、なにもない西側を寝室にしてはいかがでしょう？　それでしたら他のお部屋を動かすことなく、寝室全体を広げられますよ」

「わあ！　それでお願いします！　できれば冬が来る前にお願いしたいんですけど、できますか？」

「できますよ。今は職人の手が空いていますから」

今は屋根の修理など、冬支度《じたく》に関する依頼がまったくないし、職人さんは暇を持て余しているというので、すぐにお願いした。屋根もついでに見てくれるそうだ。

あと、布団と、冬に備えてカーテンもお願いしたよ。

出来上がるまで、なんと一週間！　余裕を見て二週間だって。早いなあ。

その間はエアハルトさんにお願いして家に泊まらせてもらうか、宿屋に泊まろう……と考えながら店に戻ってきた。

で、エアハルトさんに泊めてほしいとお願いするために、アレクさんに頼んで、エアハルトさんに連絡を取ってもらう。

さっそく今夜相談できることに！

午後の仕事を終え、買い取った薬草でポーションを作ったあと、エアハルトさんの家を訪ねる。

「なるほどなあ。以前リンが我が家に泊まっていたときの部屋も作業部屋もそのままにしているから、同じ部屋を使えばいい」

「いいんですか？」

「構わないよ」

やったー！　と喜んでいたら、エアハルトさんとアレクさんに頭を撫でられた。

だーかーらー、私は成人していると、何度言えばわかってくれるのかな⁉

私の行動が子どもっぽいせいか！

増築工事は明日から始まるので、エアハルトさんの家に泊まるのも明日からにしてもらった。

職人さんたちが来る前に、寝室を片づけないといけないしね。

家に帰ってきてからいそいそと片づけをして、みんなで眠った。

そして翌朝、キャメリーさんやロベールさんと一緒に、職人さんたちが来た。

「おはようございます、リン様」

「おはようございます。彼らが増築を担当する大工職人です」

ロベールさんが職人さんたちを紹介してくれる。

「「「「おはよう！　よろしくな！」」」」

「おはようございます。よろしくお願いします」

全員と挨拶を交わし、二階へ案内する。

職人のおじさまたちはドワーフだったりエルフだったりと、いろんな人種がいた。

みなさん細いけど、筋肉はしっかりありますよ！　細マッチョのようです！

筋肉を見てウハウハしていると、棟梁《とうりょう》が作業日数を教えに来てくれた。

「屋根の修理も一緒にするってことだったな。一週間ちょいかかっちまうが、いいか？」

「大丈夫です。店は開けてもいいんですよね？」

「ああ。騒音に関しては防音結界を張るから問題ないし、増築する場所以外には入らないから」

「わかりました。よろしくお願いします」

再び職人さんたちに挨拶をしたあと、すぐに作業をお願いする。

「キャメリーさんもロベールさんもありがとうございました」

「いいえ」

「それでは、わたくしどもはこれで」

キャメリーさんとロベールさんを見送り、棟梁《とうりょう》にエアハルトさんの家に行くから、少しの間家を空けると告げる。

家を出たところでちょうど仕事に出かけるところだったエアハルトさんと、それを見送っていたアレクさんに会った。

「さっき職人さんが来ました。どうしても一週間ちょっとかかってしまうそうなので、その間泊めてもらいたいです」

「ああ、それは大丈夫だ。ただ、たまにご飯を作ってくれると嬉しい」

「僕からもお願いしたいです」

なぜかエアハルトさんもアレクさんも私にご飯を作ってほしいと頼んでくる……

「それくらい、いいですよ～」

マルセルさんがいるはずなのに、どうしてだろうと不思議に思ったけど、下手に首を突っ込んで巻き込まれるのも嫌なので、理由を聞くことはしなかった。

エアハルトさんを見送り、アレクさんの案内で、以前泊まっていた部屋へと行く。

「従魔《じゅうま》たちはどうなさいますか？」

「彼らのベッドも持ってきましたし、同じ部屋のほうが迷惑をかけないかなあって」

「僕もエアハルト様もそのようなことは気にしませんが……」

「それでも、部屋をお借りする以上、あまり負担はかけたくないんです」

「かしこまりました。みなさんでゆっくり過ごしてください」

「ありがとうございます！」

〈〈〈〈〈〈ありがとう！〉〉〉〉〉〉

〈シュー ッ！〉

従魔《じゅうま》たちもちゃんとお礼を言えて偉い！

そんな様子を、アレクさんも微笑ましいとでも言いたげに見ていた。

ベッドをセットし終えたので、家に戻ってポーションを作る。

従魔《じゅうま》たちもついてきたので、危ないし邪魔になるから職人さんたちに近づいてはダメだと話すと、しっかり頷《うなず》いてくれた。

本当に賢い子たちだ。

三日後は店が休みだし、仲を深めるために森に行ってもいいかも。

いずれはダンジョンにも一緒に行きたいけど、それはもう少し仲良くなってからがいいかな？

ラズとスミレ以外はどんな性格の子たちか、まだわかっていないから。

そんなことを考えつつポーションを作り、開店した。

開店したものの、それほど忙しくなかったから庭のお世話をすることに。

庭の薬草もだいぶ充実してきたなあ。

結局種は見つからなかったので、ダンジョンで採れた薬草をそのまま植えてみたら、なんと栽培できてしまったのだ。

これもきっとスライムゼリーを使った肥料のおかげなんだろう。すごいなあ、スライムゼリーって。

それに、薬草以外にもダンジョン産のアボカドとアップルマンゴー、さくらんぼの種を蒔《ま》いてみたら、こっちも芽が出たのだ。

実が生《な》るまでに、あと何年かかることやら……。そこまで育つかどうかわからないけど、観察中。

たまにはスライムゼリーの肥料を撒《ま》いて、成長を促《うなが》してもいいかもしれない。

どれもラズとスミレが気に入っているからね。

新しく従魔《じゅうま》になってくれたみんなも気に入ってくれるといいな。

まったりしていると、あっという間に閉店時間がきてしまう。

今日の晩ご飯は、なにを作ろう……まだ作ってない、アレを作ろうかな。

みんな絶対におかわりするだろうなあ……。一人でニヤニヤしながら出かける準備をする。

食材の買い出しのために、お金を用意していたんだけど、そろそろ自分でお金を管理するのがつらくなってきた。

どうにかできないかな……と思ってアレクさんに相談してみると、商人ギルドで預かってもらえると教えてくれました！

それに、一緒に手続きをしに行ってくれるというのでお願いする。

ギルドに着くとキャメリーさんがいた。

お金を預けたいと話すと口座を作ってくれたので、今まで貯め込んできた売り上げを預金したよ。

ついでに税金のことを聞いたら天引《てんび》きができると言うので、自動で引いてもらうことに。

明細も出してくれるんだって。

まだ開店して二ヶ月くらいなのに、預けた金額が多いからキャメリーさんが驚いていたけど、そこはほら、例の薬《ソーマ》があるからと説明すると納得していた。

まあ、それだけじゃなくて、アレな褒賞金とかご褒美とかもあるんだけどさ。

従魔《じゅうま》たちがいるとはいえ、大金を家に置いておくのは怖いので、預けることができてよかった。

その後、商会に寄ってお米と薬草とスパイス、赤い豆に砂糖を購入する。

市場を歩き、必要な野菜を買い足しながらエアハルトさんの家へ。

そのまま厨房《ちゅうぼう》にまっしぐらですよ～。

「リンちゃん、夕飯を任されたって聞いたっすけど、なにを作るっすか？」

厨房《ちゅうぼう》に入ると、さっそくマルセルさんが話しかけてきた。

「カレーというものです」

「カレーっすか。どんなものっすか？」

「うーん……香辛料や薬草が入ってるもの、としか言いようがないですね」

薬草が入ってると聞いてマルセルさんは微妙な顔をしているけど、ウコン――ターメリックは薬草だし、MPポーションの材料の一部なんだから間違ったことは言ってない。

とりあえずスパイスを配合してしまおうと必要なスパイスを出し、細かく粉状にしていく。

この配合、実はアントス様が改造してくれたスマホで検索すると出てくるのだ。

私がこの世界で困らないように、レシピや情報を入れてくれたんだよね。

アントス様、ありがとう！

だけど、検索したらレシピが出てくるのに、どうしてこの国にはカレーが広まっていないんだろう？

他の国には私以外にも渡り人や転生者がいて、彼らがカレーを教えた……なんてこともあるかもしれない。いたら会ってみたいな。

ほんと、アントス様にいろいろと聞きたいけどもう会えないしなあ……

できればツクヨミ様たちにもお会いしたいよ。

そんなこんなでスパイスを配合したら一旦それを止め、他の材料の仕込み。

今回使うお肉はブラックバイソンのお肉。以前お詫びとしてミケランダさんにもらったものだ。

全部は必要ないので五分の一くらいを分けて、残りは別の料理のためにとっておく。

それでも、今回使う塊だけで二キロくらいはありそう。

それを見たマルセルさんが驚く。

「ブラックバイソンなんて高級品じゃないっすか！　さすがリンちゃん」

「もらったものなんですけど、高いものなんですか？」

「そうっすよ。他にも、ジェネラルオークやキングオーク、イビルバイパーの肉も高級品にあたるっすね。もっと珍しいのは、ワイバーンの肉っす」

「おおう……」

ミケランダさん、すごいものをくれたんだな。

そのあとはサラダを用意したり、デザートやジュースを用意したり。

マルセルさんにご飯を炊いてほしいとお願いしたのだけど、炊き方を忘れたみたいでもう一度教えることになった。

今日、一緒にカレーを作っている中で、以前から感じていたマルセルさんに対する違和感はますます増した。騎士団やガウティーノ家に来ていた料理人との違いを見つけてしまい、内心で溜息をつく。

そんなことより、とにかく今は料理が先だとじっくり時間をかけてカレーを煮込んでいると、あたりに独特な香りが漂《ただよ》ってきた。

「味見してみますか？」

カレーの味が気になって仕方がない様子のマルセルさんに尋ねる。

「うっす！」

ルーをスプーンで掬《すく》って、二人して味見をする。うん、とってもいい味になっている。

カレーの出来映えに満足していると、なんとなく視線を感じた。

調理場の入口を見ると、エアハルトさんをはじめとした、この屋敷にいる人が多数覗いている。

しかも、いつの間に来たのかグレイさんとどこかで見たことのある女性までいるではないか!

グレイさんはエアハルトさんに相談事があるようで、しょっちゅう来ているから……今日も約束があったのかな。

それはともかく。

「いい香りというか、お腹がすく匂いだな、リン」

大鍋をじっと見つめて呟《つぶや》くエアハルトさん。他の人たちも激しく頷《うなず》いている。

「マジですかー!」

カレーの匂いってやっぱり人間ホイホイなんだなあと遠い目をしてしまう。

マルセルさんと二人で作った大鍋ふたつが確実になくなるよね……と思った瞬間だった。

食堂に移動すると、なぜか、侯爵様一家と団長さん、エルゼさんまでいらっしゃった。

「俺はなにも言ってないからな!?」

じとーっとエアハルトさんを見たけど本当に知らなかったようで、必死になって首を振り、否定している。

「たまたまエアハルトに用事があって来たら、とてもいい匂いがしてね。お邪魔させてもらったよ」

侯爵様は用事があって来たと言ってるけど、本当にそうなんだろうか。

団長さんもエルザさんも同意するように頷《うなず》いているけれど、釈然としない。

「……そうですか」

料理を振舞《ふるま》うことが嫌ってわけじゃないけど……せめて私がいいと思うときまで待っていてほしかったなあ。

こっそり溜息をつきながら、ご飯が炊けたのでお皿にご飯を盛り、カレーを直接ご飯にかける。

サラダやジュースを全員に配り終えると、食事を開始した。

「うっ……美味い……」

「確かに辛くはあるが、その中にも甘みがあり、複雑な味になっているな」

「ご飯と一緒に食べると、どちらの味も主張しているのに、調和が取れているのが不思議だね」

「何杯でも食べられそうだ」

男性陣が上品に、だけど勢いよくカレーを食べている。

「こちらのジュースも、とても美味しいですわね」

「本当に。我が家もダンジョンで採ってきてもらおうかしら」

「それはいいですわね。エアハルト、ロメオ。我が家と皆様の分までお願いしてもいいかしら」

「「構いませんよ、母上」」

そして女性陣もカレーを食べつつ、にこやかに会話を交わしている。

侯爵夫人はエアハルトさんと団長さんに頼み事をしてた。

女性陣はおかわりはしなかったけど、男性陣はしっかりおかわりをし、デザートまで食べきった。

「リン、とても美味しかった。これはなんという料理なのかな」

グレイさんが代表で質問してきたので、それに答える。

「カレーという、香辛料や薬草を使った料理です。今日はご飯で食べていただきましたが、パンで食べてもいいですし、スープにしてもいいです。お肉にふりかけて焼いてもいいですよ」

「なるほど。これがカレーか……それにしても、薬草が入ってるようには感じなかった」

侯爵様たちからレシピが欲しいと言われたので、よいけれども他には漏らさないでほしいとお願いした。それに、レシピを売るのもやめてほしい。

「それは勿体《もったい》ないな。カレーのレシピはすごく人気が出ると思うけど……」

団長さんはなぜ売らないのかと不思議そうな表情をしている。

確かに人気は出るだろうけど、だからこそ広められないいんだよね……

「そうなんですけど、香辛料と薬草の栽培や輸入が間に合わなくなるかもしれないので。需要と供給が追いつかなくなると、大変なことになりかねませんし」

スパイスや薬草など、カレーに使う量はほんの少しとはいえ全員が買ってしまうと、のちのち困ることになりかねない。

薬草はダンジョンから出るとはいえ香辛料は輸入しているみたいだし、供給が追いつく目処《めど》が立たないと、悲惨なことになる。塵《ちり》も積もれば山となる、というやつだ。

「確かにね。薬草が絡んでいるとなると、薬師だけじゃなくて医師や冒険者も困ることになる」

エアハルトさんは納得してくれたみたい。グレイさんも頷《うなず》いている。これで大丈夫かな……

偶然とはいえ、この場に王族であるグレイさんがいてくれてよかったと胸を撫で下ろした。

あと、グレイさんの婚約者であるユーリアさんも紹介された。

彼女は侯爵家のご令嬢なんだけど、騎士の家系で育ったからなのか剣と魔法が得意で、冒険者をしているんだそうだ。

お嬢様が冒険者ってすごいなあ。

以前はグレイさんとパーティーを組んで二人で潜っていたんだけど、大怪我《けが》をしてしまい、長い間療養《りょうよう》していたそうだ。

「もう怪我《けが》は治ったんですか？」

「治りましたわ。……リンの神酒《ソーマ》のおかげで」

「神酒《ソーマ》!? もしかして……！」

ハッとした私を見て、ユーリアさんが悪戯《いたずら》っぽく微笑む。

なんと彼女は、以前グレイさんと一緒に店に来た女性冒険者でした。

ポニーテールをしてくれたことで、わかったよ。

「一緒に来た日……あの日買ってくださいましたよね」

「そうなんだ。あの日、僕は彼女をエスコートしていたんだよ」

「わたくしがお願いしたのです。歩けるようになったら、一緒に行ってほしいと」

グレイさんとユーリアさんはお互いを見つめながら微笑みあっている。

「そうですか……。痛みはどうですか？」

「もう大丈夫ですわ。ありがとう」

にっこり笑ったユーリアさんは、とても綺麗《きれい》だった。

あとから聞いた話なんだけど、ユーリアさんは一時期生死を彷徨《さまよ》っていたんだって。

手足の指を二本ずつ失くしたうえに、内臓に到達するほどに深くえぐれた傷を背中に負っていたらしい。

グレイさんは早く治してあげたいと思っていたんだけど、神酒《ソーマ》を作ることができる薬師なんていないし、ダンジョンでドロップするのも稀《まれ》だしで、どうしようかと悩んでいたそうだ。

そんなときに私が神酒《ソーマ》を献上しちゃったもんだから、希望を抱いたんだって。

ご飯も食べ終わったし、ユーリアさんともたくさん話したので、私もそろそろ部屋に戻ろうと思ったら、食事中もずっと不機嫌そうにしていたエアハルトさんに呼び止められる。

なんだろう？

「父上たちに話がある」

サロンでゆっくりしていたガウティーノ侯爵家の人やマルセルさん、グレイさんたちとエルゼさんたちを見据えながら、話を切り出したエアハルトさん。

　本当になにをするんだろう？

「父上、マルセル。そしてロメオとエルゼ嬢。俺が怒っている理由に心当たりはあるか？」

　めちゃくちゃ低い声で話すエアハルトさん。すごく怒っているみたい。

　グレイさんとユーリアさんはなにか察したようで、呆れたような溜息をついているし。

「理由とはなにかな？」

「自分もわからないっす」

　惚《とぼ》けているのか、本当にわからないのか、首を傾げている侯爵様とマルセルさん。

「「……」」

　団長さんとエルゼさんはわかっているようで、しゅんとしたように俯《うつむ》いている。

「最近、リンに甘えすぎではないですか？　無茶なポーションの納品を頼んだり、料理を教えてほしいと呼びつけたり」

　厳しい目であたりを見回すエアハルトさん。

「それにリンは平民です。俺たち貴族が命令したら逆らえないってわかっていますか？　もちろんそれは、俺やグレイにも当てはまることですが」

「申し訳ありません、兄上」

「申し訳ございません、エアハルトお義兄様」

団長さんとエルゼさんはすぐに謝罪をした。

私にはよくわからないけど、彼らもやり過ぎたと感じていたんだろう。

「料理を教えてくれているのだって、すべてはリンの厚意によるものです。彼女は薬師であって、料理人ではないのだから。それに、後ろ盾になるということはリンを護ることであって、彼女に対して自分勝手に振舞《ふるま》っていいという意味ではないとわかっていますか」

「そうだね。それは僕からも言えることかな」

エアハルトさんに同意するグレイさん。

「すまない、エアハルト。そしてローレンス殿下」

侯爵様は苦々しい顔をしている。

「わかったならいいです。だが、招待されてもいないのに料理を食べに来る、あるいは教えてほしいと呼びつけるのは違うでしょう？　それは料理人の役目です」

厳しい目をしたまま、侯爵様や団長さんたちに話をするエアハルトさん。

「王宮料理人も騎士団の料理人も、もともとあるものや教わったレシピの改良を考え、新しい料理を作れないかと模索《もさく》し始めたというのに、いつまでリンに頼りきりになるつもりなんですか？　ガウティーノ家は」

「申し開きもないな……。今後そうするよう伝えておこう」

顔を青ざめさせて謝罪をした侯爵様。グレイさんも顔を顰《しか》めているからこそ、余計に反省しているんだろう。

ただ、マルセルさんはなにも言わず、ふてくされたような顔をしている。

「そうしてください。で？　反省はなしか？　マルセル」

「はあ？　だって、リンちゃんは平民っすよ？　利用するのは当たり前だし、自分の手柄っすよね？」

そんなことを考えていたのか、マルセルさんは。なんだかがっかりだよ。

そういう態度だったから、私が何回教えてもメモを取らずに料理してたんだね。

自分が作らなくても、私に作らせればいいと思っていたのかな……。

「お前はそんな選民《せんみん》意識《いしき》を持っているんだな。俺と王族であるローレンス様の前で、いい度胸だ」

「……っ」

マルセルさんは、厳しい表情をしたエアハルトさんになにも言えずに固まっている。

「我が国で選民意識《せんみんいしき》を持った貴族はどうなった。お前の実家はどうなった。そのせいで伯爵から男爵にまで落とされたというのに、未だに反省もなしか？」

あとになって聞いたんだけど、この国で選民意識《せんみんいしき》が強すぎる貴族は、国民や領民だけではなく同じ貴族からも嫌われるそうだ。

マルセルさんの実家は選民意識《せんみんいしき》が強く、領民を下に見て、勝手に税を上げて私腹《しふく》を肥《こ》やしていたんだとか。

注意しても指導しても直らなかった結果、処罰されて降格となったそうだ。

「それに誰かを利用して得た結果が、自分の手柄だと本気でそう思っているなら大間違いだ。自分で作って、教えて、自分の技術としてモノにしなければならないというのに、お前はそれができていない。だからこそ宮廷料理人になれなかったとわかっているか？」

「え……？」

ずっとふてくされたような態度だったマルセルさんが、初めて表情を変えた。

「お前の料理には独創性がない。ただ、誰かに教わったまま料理しているだけだ。料理によっては、それすらもできていないだろ？」

「そうだね。僕も何回かご馳走《ちそう》になったけれど、エアハルトと同じ感想を持ったよ。なによりも『王宮で働くためにはその選民意識《せんみんいしき》は邪魔だし、自分よりも身分の高い者に情《じょう》報漏洩《ほうろうえい》するなど論外だ』。……王宮料理長からもそう言われなかったかい？」

淡々と述べるエアハルトさんとグレイさん。

「それは……そんなことはっ」

「本当か？　リンから教わった料理の中で、自分から進んで作った料理はなんだ？　ハマヤキだけだ。それに、今日だってリンが新しい料理を作ることを、なぜ父上やロメオたちが知っていたんだ。父上たちは用事があったと言っていたが、なにもないことはわかりきっている。お前が父上たちに媚《こ》び諂《へつら》い、情報を漏洩《ろうえい》したのだろう。笑わせるな！」

あ～、やっぱりそうなんだ……ってエアハルトさんの言葉に納得してしまった。

こんなにタイミングよく侯爵様や団長さんが来るなんて、おかしいと思ってたんだよね。

眉間に皺《しわ》を寄せて、侯爵様や団長さん、マルセルさんを怒っているエアハルトさん。話を聞く限り今までもきちんと注意していたようだけど、みんな聞く耳を持たなかったみたい。

「今、我が家に料理人は必要ない。リンがいるからではない。アレクとララ、ルルが料理を覚え、俺自身も簡単なものならば料理ができるようになったからだ。そんな中においてて、ほぼ毎日同じような料理しか出さない料理人がいる意味はあるのか？　なんのためにリンに料理を教わった？　教わっていながら料理を出さないということは、リンを蔑《さげす》んでいるから、もしくは作る技量《ぎりょう》がないからではないのか？」

「ぐ……っ」

どうやら図星を指されたみたいで、マルセルさんが言葉を詰《つ》まらせ、悔しそうに顔を歪《ゆが》める。

料理人ではない私が料理できることが、そんなに悔しかったのかな……

マルセルさんから視線を外し、今度は侯爵様を見るエアハルトさん。

「父上、マルセルさんをガウティーノ家で引き取って、再教育をしてほしい」

「わかった。新たな料理人は……」

「それはまたあとで話しましょう」

「ああ、そうだな」

ちらりと私を見たエアハルトさんと侯爵様。

確かに私には関係ない話だしね。

話が一段落したところで、今度は全員を見回して口を開くグレイさん。

「この場にいる全員に聞いてほしい。先ほどリンがカレーのレシピを教えてくれると言っていたが、これはなかったことにしたい」

「理由を聞いてもいいですかな？」

侯爵様が尋ねる。

「リンがどこで香辛料の配合を聞いたのか知らないけれど、カレーはもともと南大陸にある国の秘伝レシピなんだ。最近そのレシピがこの大陸に渡り、ドラゴンの国であるドラール国からじわじわと広まりつつある」

「それは……」

「リンから教わらなくても、春には伝わってくると思うから、それまで我慢してくれ」

グレイさんの話を聞いて、頭を抱える。

あちゃー！　やっちゃったのね、私。

「そうですか……残念ですな」

「レシピを商会で売ろうと考えていたガウティーノ家にとって、という意味でかな？」

そう言って侯爵様を見つめるグレイさん。

「…………なんのことですかな？」

「それくらい簡単にわかるよ。エアハルトに諌《いさ》められたというのに、まだ懲《こ》りていないのかい？　リンを利用するつもりなら、本気で王家が処罰してもいいんだよ？」

「……っ」

グレイさんの言葉に、がっくりと項垂《うなだ》れる侯爵様。

「それが後ろ盾になり、護るってことだよ。僕とユーリアは、リンに対してそれだけの恩があるのだから」

何気にグレイさんも怒っているなあ。

そして侯爵様……それはダメですよ〜。

話のわかる貴族だと思っていたのに、なんだかがっかりしちゃったよ。

そんな侯爵様は団長さんと一緒に、今もふてくされたような顔をしているマルセルさんを引きずって、エアハルトさんの家から出ていく。

マルセルさんは未だに謝罪していないからね。

だからこそ、エアハルトさんとアレクさんの視線は厳しい。そしてグレイさんの視線も。

「リンに危害を加えようとするならば覚悟しておけよ、マルセル。スミレとロキを怒らせたら、死、あるのみだぞ」

「……っ！」

エアハルトさんの脅しともとれる言葉に顔を青ざめさせるマルセルさん。

もちろん、スミレやロキたち従魔《じゅうま》の視線も、とても厳しいものになっている。

だけど、結局マルセルさんはエアハルトさんや私に謝罪することはなかった。

「リン、すまなかった。本当はリンには聞かせたくなかったんだがな……」

そう言って謝ってくれるエアハルトさん。

「気にしないでください。仕方ないです。今は、この家にご厄介《やっかい》になってますし。それに、マルセルさんの気持ちにはなんとなく気づいていましたし……」

私のことを思って行動してくれたエアハルトさんには本当に感謝している。

あと、護ってくれたグレイさんとユーリアさんにも。

「グレイさん、ユーリアさん。後ろ盾になってくださってありがとうございます」

改めて二人にお礼を言うと、あとで神酒《ソーマ》のお礼をすると言って微笑んでくれる。

そしてグレイさんはユーリアさんを伴《ともな》って帰っていった。

そんなこと気にしなくていいのに。素敵なカップルだよね。

エアハルトさんとグレイさん、ユーリアさん。そして侯爵様やマルセルさん……

同じ貴族でも、こうも違うんだよね。

侯爵様に関しては微妙になってしまったけど、他の貴族よりはマシなんだろうなあ……と思うことにする。今までお世話になったのは事実だしね。

精神的にも疲れたし、夜も更《ふ》けてきた。

明日も店があるからエアハルトさんとアレクさんにおやすみなさいと告げ、部屋に戻る。

もうこういう貴族のゴタゴタは本当に嫌だなあ。

もやもやした気持ちを抱きながらベッドでゴロゴロしていると、ふとグレイさんの話を思い出した。

もしかしたら、検索すると出てくる料理のレシピって、この国やこの大陸だけのものではなく、全部の大陸や国のものが含まれているのかもしれない。

だからこの国では広まっていないカレーのレシピが出てきたのだろう。

もしそうなら……アントス様～、そういう情報は教えておいてほしかったよ！

聞かなかった私も悪いけども！

まあ、それはともかく。

ストレス発散に今度のお休みは従魔《じゅうま》たちと遊ぶぞ！　と決意し、私を心配してくれたらしい従魔《じゅうま》たちともふもふまみれになりながら眠った。


そして二日後。世間的にはそろそろ秋です。

今日は従魔《じゅうま》たちと一緒に西門の近くにある森に来ている。

仲を深めて思いっきり遊ぶためです。

たまには家族水いらずでまったりしたい！

森にはダンジョンにはない食べ物もあるので、いろいろ採れたらいいなあ。

〈リン、この茶色いキノコは食べられる？〉

楽しげな様子のラズが話しかけてくる。

「食べられるよ、ラズ。あと、隣にある赤いキノコは風邪薬の材料なの」

〈そうなんだ！〉

ラズは薬草を採取していて、種を見つけたから瓶が欲しいなんて言ってくる。

ロキは遠くにいる魔物を見つけては狩りに行っている。

魔物の断末魔《だんまつま》のような声が聞こえてくるよ。それにしても、単体で倒せるなんてすごい！

ロキも【マジックボックス】が使えるようで、狩ったものを持ってきてくれる。

〈リン、クリ、アル〉

「本当？　どこにあるの、スミレ」

〈コッチ〉

「わかった」

スミレが栗を見つけたというのでついていく。

スミレは従魔《じゅうま》たちとの会話が増えたからなのか、片言ながらも言葉を発するようになった。

虫だから話すのは難しいだろうに……いじらしいなあ。

〈ココ〉

「おー、ありがとう、スミレ」

案内してもらった先には、イガ栗がたくさん落ちていた。

ラズが触手《しょくしゅ》を出して、トゲをつついている。

〈トゲトゲがいっぱいついてるにゃ〉

〈これはなんだにゃ？〉

ソラとユキも興味が湧《わ》いたみたいで、イガ栗の近くに寄ってきた。

「これはイガ栗だよ。トゲトゲの中に身が入っているの。手袋を嵌《は》めて中身を出してもいいし、足と木の棒を使って、こう……よっと」

〈おお～〉

片足でイガの部分を押さえ、木の棒で中身をほじくり出すと、栗がコロンと転がってきた。

日本の栗よりも一回り大きなサイズだ。

〈これはどんな料理になるにゃ？〉

「パウンドケーキに入れてもいいし、栗おこわ――炊き込みご飯にしてもいいよ」

〈炊き込みご飯！　夜はそれを食べたい！〉

「ふふ、いいよ。ラズ、栗の皮を剥《む》くのを手伝ってくれる？」

〈うん！〉

そんな会話をしながら栗拾いをしたり、薬草やキノコ、野草の採取をしていく。

普段見ることのない食材や、広い森の様子に従魔《じゅうま》たちはかなり楽しそうにしている。

そろそろお昼になるからとみんなが座れるようなスペースを探していたら、狩りに行っていたロキとロックが戻ってきた。

〈リン、レッドベアがいた〉

〈ボクが狩ったんだよ！〉

「おー、ロックすごい！　どうやって倒したの？」

〈えっと、首をガブっとひと噛みして、ポキッと折ったよ！〉

「そうなんだ、すごい！　ロキもロックも怪我《けが》はしてない？　大丈夫？」

〈〈大丈夫〉〉

「よかった。ラズ、レッドベアの解体をお願いしてもいい？」

〈うん〉

そうこうしていると、今度はレンたちが近寄ってくる。

〈〈リン、ホーンラビットをいっぱい狩ったにゃ〉〉

〈オレも狩ったにゃー〉

〈あたしもにゃー〉

「レンもシマもソラもユキも頑張ったね！　みんな怪我《けが》はしてない？」

〈〈〈〈してないにゃー〉〉〉〉

「よかった。ラズ、これも解体をお願いしてもいい？」

〈うん〉

ラズに解体してもらっている間に、レジャーシート代わりの革を敷く。

その上に布を敷いてお昼ご飯の準備。

今日持ってきたのはおにぎりとサンドイッチ。

おにぎりには焼いた鮭とおかか、自家製のツナマヨとふりかけをまぶしたもの。

サンドイッチのほうは玉子とボアカツ、残ったツナ、レタスとチーズ。

おかずは唐揚げとミニハンバーグ、ブロッコリーとトマト、ポテトフライと野菜のベーコン巻きだ。

ラズの作業が終わったので食べ始めます！

レンが結界を張ってくれたから、あたりを警戒しないで大丈夫だ。

〈このツナっていうの、とても美味しいにゃ！〉

〈そうにゃ！　マグロの味がするにゃ〉

「そうだよ。マグロを薬草と一緒に油で煮たものなの」

〈薬草が入ってるとは思えないな〉

〈ウン〉

〈本当だね〉

楽しそうに話しながら、モリモリ食べてくれる従魔《じゅうま》たち。気に入ってくれたみたい。

ご飯を食べたあとも食材と薬草、野草を採取していく。

従魔《じゅうま》たちが終始楽しそうで、本当によかった。

みんな家族で仲が良いけど、私にそんな人ってできるのかなあ……

なんてふと考えたとき、なぜかエアハルトさんの顔が浮かんだけど、ぶんぶんと頭を振って追い出した。

いやいや、貴族と平民なんて現実的じゃないでしょ。

よくて男爵くらい、侯爵となんて絶対に無理。

まあ、しばらく結婚なんて考えてないし、私が異世界から来たってことを話せる人ができるまでは、一人で生きていこう。

あ、違うか。従魔《じゅうま》たちがいるから一人じゃないよね。

本当に、みんなに出会えてよかった。

帰り道でもいろいろな魔物に襲われたけど、スミレが糸で、ラズが触手《しょくしゅ》で魔物を拘束している間に、私が大鎌で首を斬《き》る……といった連携で闘った。

ヴォーパル――首狩りの名前がついてるだけあって綺麗《きれい》にストン、と首が落ちるのだ。

というか、今さらだけど、物騒《ぶっそう》すぎる名前だよね。

ちなみにこの大鎌だけど、もうじき希少《レア》になるとゴルドさんに言われている。

それもあり、頑張って大鎌のレベル上げをしている状態なのだ。

無事に森を出て、王都に戻り、その足で冒険者ギルドに行き必要のない素材を売った。

エアハルトさんの家へと帰る道中でグレイさんとユーリアさんに会ったから、栗をお裾《すそ》分《わ》けしようとしたら、食べ方を知らないという。

もしやこれはエアハルトさんたちも知らないかなあと思って、帰宅後に尋ねてみたところ、やっぱり知らないと言われた。

どのようにして食べるのか、エアハルトさんたちもグレイさんたちも興味津々《きょうみしんしん》な様子。

今日は従魔《じゅうま》たちに栗おこわをリクエストされているからと、グレイさんたちも夕食に誘ってみた。

もちろん、招待してもいいかエアハルトさんに許可を取ったよ！

「じゃあ、他になにか食べたいものはありますか？」

「魚がいいかな」

「お野菜も食べたいですわ」

「んー……なら、魚の煮付けと、適当になにか作りますね」

今日の献立が決まったところで、グレイさんとユーリアさん、アレクさんや新しく来た料理人のハンスさんを交え、みんなで栗の皮と渋皮を剥《む》く。

ラズも五匹になってくれて皮剥《む》きを手伝ってくれたんだけど、私たち以上に大活躍でした！

魚はブリに似たものがあるので、それを使ったブリ大根にした。

他にもホーレン草の煮浸《にびた》しと白和《しらあ》え、温野菜サラダ、アサリバターにキノコのお味噌汁、レンコンに似たレーコンのきんぴらごぼうなどなど秋の味覚と野菜、魚を中心に夕飯を作る。

ちなみに、ハンスさんと一緒に作ったんだけど、ひとつひとつメモを取りながら感動していたよ。

彼は元ガウティーノ家の料理人さんで、料理教室を開催したときに豆腐などをくれたんだ。

ご飯を作り終えたので、全員揃って晩ご飯。

「そういえば、そろそろ冬支度《じたく》をしないとな」

「そうですね。薪《まき》も必要でしょう」

「あとは炭があればなんとかなるだろう」

ご飯を食べながら、エアハルトさんとアレクさんは冬支度《じたく》のことを話し合っている。

せっかくだから、冬支度《じたく》についてレクチャーしてもらおうかな。

この世界に来て初めて迎える冬なので、どんな準備が必要か聞いておかないといけない。

洋服や靴も必要だよね。特にコートやロングブーツとか。

エアコンなんてないからカーテンを分厚くしたり、暖炉の薪《まき》を用意したりしないといけないし。

それに、庭の薬草が枯れないように準備しないと。

ビニールがないから、代わりに布を上にかけてビニールハウス風にしてみよう。

布はまたスミレに織ってもらおうかな。

スミレが織った布は耐熱・耐寒がバッチリだし。

前に織ってもらった布で作ったクッションは最高で、みんな気に入ってくれたよ！

もちろん私も気に入っている。

「この国の冬は初めてなんですけど、雪は降りますか？」

「ああ、それなりに降る。それもあってダンジョンに潜る冒険者が減ってくるから、どうしても欲しい薬草があるなら今の時期に一度潜っておいたほうがいいかもな」

なるほどなあ。確かに一度、自分でダンジョンに行ったほうがいいかもしれない。

そこは従魔《じゅうま》たちと相談かな？　そろそろ自分で採取したいし、お豆腐も採りに行きたい。

寒い日に湯豆腐やお鍋を食べたいしね！

「それにしても、この栗ってやつは美味いな。お菓子も作れるんだって？」

「はい。といっても、ケーキに入れて焼くのしか知りませんよ？」

「それで充分だと思うよ」

「奥様とエルゼ様が食べてみたいと仰りそうですね、エアハルト様」

「でしたら、これを持っていってあげてください。パウンドケーキとこのご飯のレシピです。わからなければ聞いてくださいと、お伝えください」

栗が入った小さい麻袋をふたつ出し、レシピを書いた紙と一緒にアレクさんに渡す。

グレイさんとユーリアさんにも渡した。

お菓子に使うことができると知ったら、侯爵夫人とエルゼさん、王妃様なら絶対に食いつくと思って、かなりの量の栗を採ってきたのだ。

この国の人々は食べられることを知らなかったみたいで、結構な量のイガ栗が転がっていたし。

だからといって全部は採ってないよ？　森の中にいる動物の餌《えさ》になるからね。

森から餌《えさ》がなくなると動物たちが人里へ下りてくるのは、この世界でも同じだ。

そういう話をしたうえで今年はこれ以上は採らないと宣言したら、全員納得してくれた。

森での話やダンジョンでの話を聞いたり、いつか全員でダンジョンに潜ってみたいと話したりしているうちに、夜も更《ふ》けてきた。

なのでここでおひらきにして、私は自分の部屋へと帰った。

「あ、そうだ。スミレにお願いがあるの」

〈ナニ？〉

「雪が降る前に、庭の薬草にかける布を織ってほしいんだけど、できる?」

〈ダイ、ジョブ。マカ、セテ〉

「ありがとう。でも、無理はしないでね。みんなは、薪拾《まき》いのお手伝いをしてくれる?」

〈〈〈〈〈〈〈〈うん!〉〉〉〉〉〉〉〉

従魔《じゅうま》たちは私がなにかお願いをすると、とても嬉しそうにしてくれる。

理不尽《りふじん》なお願いはしてないよ? 私と一緒にできることをお願いしているのだ。

〃一緒に〃というのが嬉しいみたいで、楽しんでやってくれる。

明日の開店準備をして、お風呂に入って、それぞれ寝床《ねどこ》についた。


それから五日後、自宅の改装が終わった。ずいぶん早いね!

増築して広くなった寝室は、南向き。家自体が南北にちょっとだけ長くなった感じだ。

広くなった寝室には、キングサイズ以上の大きさのベッドがデーン! と置かれている。

カーテンも分厚いものに変わったうえに、ベージュと緑色の二枚に増えている。

真冬は二枚ともしっかり引くとして……今はまだ一枚で充分かな。

西側の壁には暖炉もついているので、真冬には重宝しそう。

素敵な寝室となりました！

そしてエアハルトさんの提案で開催された、増築祝いの食事会をしているとき。

明後日から五日間、国を挙《あ》げての収穫祭が始まると聞いた。

この期間は食事処や屋台、商会と宿屋、ギルド以外はすべてお休みになるんだって。

「お～、そうなんですね！　収穫祭ってどんなことをするんですか？」

「今年の豊穣《ほうじょう》を祝ってアントス神に感謝し、来年の豊作を願って踊りと歌で祈りを捧げるんだ。あと、王都では最終日に王族と神官が馬車にのって、聖女が祈りを込めた花を撒《ま》く。この花を持ち帰ると、一年健康に過ごせるといわれている」

「そうなんですか～」

エアハルトさんによると、グレイさんは王族として、ユーリアさんも婚約者として一緒に馬車にのるんだそうだ。

年が明けて春になったら結婚――こっちの世界の言い方だと婚姻するからなんだって。

祈りを込めたお花かあ。二人が撒《ま》いたお花、取れるかな。取れたら栞《しおり》にしようかな。

この世界で初めてのお祭りとあって、私は興味津々《きょうみしんしん》だったりする。

屋台もたくさん出るそうなので、今から楽しみ！

「リンは屋台でポーションを売らないのですか？」

アレクさんが尋ねてくるけど、私は首を横に振る。

「売りませんよ。日々生活できるだけの売り上げはありますし、王様や侯爵様たちからいただいたお金も、まったく手をつけていませんしね。数日お店を休んでも大丈夫です。それに、初めてのお祭りなのに、屋台を出したら楽しめないじゃないですか！」

「「……」」

どう受け取ったのかわからないけど、〝初めてのお祭り〟という言葉に、エアハルトさんとアレクさんが黙り込んだ。

孤児だったと話してあるから、そのときも参加できなかったって思われたみたい。

私としては、日本とは違うお祭りだからこそ、この世界の屋台を堪能したい！

当日が楽しみだ！　と思いつつ、夜は更《ふ》けていった。


そして当日の朝。

「よし、じゃあ行こうか」

お祭りに行こうと家を出たら、エアハルトさんが待ち構えていました！

「……なんでエアハルトさんが」

「ん？　王都の祭りは初めてだろう？　花が取れて、王族や神官たちがよく見える場所に案内してやろうと思ってな。ついでに、オススメの屋台にも連れていってやるよ」

まさか、エアハルトさんが案内してくれるなんて思わなかった。

他の騎士たちはお祭りの警護をしているみたいだけど、お仕事は大丈夫なのかと聞くと、今回の収穫祭はお休みをもらったと教えてくれた。

ここのところずっとお休みしていなかったから、許可が下りたらしい。

エアハルトさんと一緒だと、人混みで迷子になる可能性がなくなって、私は嬉しいけど……

他に誘う人はいないのかなあ、エアハルトさん。婚約者も恋人もいないって言っていたけど、本当かな。モテそうなのに。

まあいいかと思って、隣を歩く。

「よし。まずは西地区からだな」

「地区によって、出店している屋台が違うんですか？」

「ああ。各地区には、その地区に居《きょ》を構える貴族が、各領地の特産物を使った屋台を出店しているんだ。もちろん、串焼きなど定番の屋台もあるけどな」

なんでも、各貴族家に勤めている料理人が、特産物をその場で料理したり、特産物そのものを売ったりしているという。いわば、アンテナショップのようなものみたい。

「うわ〜！　それは楽しみです！　ガウティーノ家のもあるんですか？」

「ああ。ガウティーノ家は北地区になるから、別の日に行こう」

「はい！」

エアハルトさんの案内に従って歩きながら屋台を覗き、美味しそうなものを買って食べる。

ボアやオークの串焼きに、ホーンラビットの串焼きもある。腸詰肉《ちょうづめにく》を焼いたものやスープも。

王家がレシピを公開しているのか、私が教えた唐揚げやオーク汁、ホタテのバター焼きもあった。

その中にあったよ、こんにゃくのみそ田楽《でんがく》が！

「ビルの領地の特産物なんだ」

「ガウティーノ家に来た料理人さんにいただきました。……はふっ、あつっ！　ん〜〜！おいひい！」

「美味いんだよな、これ。この上にかかってるやつがいい味なんだ」

みそ田楽《でんがく》を一緒に食べ歩く。

「本当ですね！　何本でも食べられそうです！」

「他のが食べられなくなるぞ」

エアハルトさんは一本だけだったけど、私は持ち帰りも含めて十五本も買ってしまった。

もちろん、あとで従魔《じゅうま》たちと一緒に食べるのだ！

今日の護衛はスミレとラズだけだ。他はお留守番している。

まあ、他の子たちは体も大きいから、人混みを移動するのが大変なのだろう。

家でのんびりしていると言っていたので、ご飯やおやつを置いてきた。

「次はこっちだ」

今度は色とりどりの飴《あめ》を売っているお店だった。

瓶詰《びんづ》めにできるようで、大きさの違う空の瓶がずらーっと並んでいる。

「すみません、この飴《あめ》の味はなんですか？」

「いらっしゃい！　これはケラネン家で作られているオレンジの果汁を使ったものだ」

「ケラネン家のオレンジは美味いぞ」

「わ～！　じゃあ、ひとつください！　あとは……」

オレンジに加え、イチゴとマンゴー、リンゴなどダンジョン産の果物を使ったもの、
それとはちみつと桃の飴《あめ》があったので、それらをひとつずつ一番大きい瓶に入れても

らう。

瓶がカラフルになって目にも楽しい！

そのあとは昼食にチーズとハム、卵が挟まっているパンとリンゴジュースを買い、公園に立ち寄る。

「こんなところに公園があったんですね。噴水《ふんすい》も！」

「噴水《ふんすい》の近くは水遊びができるから、夏は賑《にぎ》わうぞ」

「そうなんですね」

そんなことを話しながら、二人で並んでご飯を食べた。

足元に雀《すずめ》に似た鳥が飛んできて、誰かが落としたらしいパンくずをつついている。

ラズとスミレにも分けつつ、すべて食べきったところで、一息ついた。

「よし。他に食べたいものはあるか？」

「今はお腹いっぱいです」

「なら、ちょっと歩くか。王都が一望《いちぼう》できるところに行こう」

「そんな場所があるんですね！」

こっちだと案内されたのは、公園の奥にある小高い丘になっている場所。

そこからは西地区全体と、お城が見える。

光を反射してキラキラと光っているのはなんだろう？

「エアハルトさん、お城のほうで光っているのはなんですか？」

「川だ。とても大きな川で、交通路のひとつになっているんだ」

「へぇ～！」

そのさらに先には湖もあるんだって。だけど王都からは一日かかるらしい。

近いなら行きたかったな。残念。

美しい眺めに、心が癒《いや》される。

今はまだこの国しか知らないけど、この世界はとても綺麗《きれい》だ。

もちろん狡賢《ずるがしこ》い人や汚い人、どうしようもない人だっている。

でも、エアハルトさんやアレクさん、ララさんやルルさん、ビルさんや冒険者のみなさんといった、とても素敵で気持ちのいい人たちもたくさんいる。

この世界に来てすぐに、いい人たちに巡り合えたのはとても幸運なことだと思う。

もちろん、従魔《じゅうま》たちと出会えたこともね。

彼らのおかげで、私はこの世界を好きになることができたのだ。

「いつもありがとうございます、エアハルトさん」

「いや。俺も世話になってるし、迷惑もかけたしな……」

「それはエアハルトさんのせいじゃないです」

「そう言ってくれると嬉しいな」

ふわりとそよ風が吹く。少し冷たいけど、凍《こご》えるほどじゃない。

遠くでは鳥が集団で飛んでいるのが見える。

「……俺も、リンのように、自由に生きてみたいなあ……」

「え？」

遠くを見ながら、ぽつりと本音っぽいものを呟《つぶや》いたエアハルトさん。

「いつか冒険者になりたいって話したことがあるだろう？　俺も、冒険者になって、ダンジョンに潜ったり、自分らしく生きたい」

「エアハルトさん……」

エアハルトさんの横顔は、なにかを決意したような表情をしていた。

「そろそろ陽が暮れるから、戻ろうか」

エアハルトさんに言われて、二人で西地区に戻る。

途中で収穫祭の踊りを踊っている人たちがいたのでそれを見た。

踊りには詳しくないけど、大人数での群舞《ぐんぶ》だったり一人で踊ったり、激しいのもあれば日本舞踊《にほんぶよう》みたいなゆったりとしたものもあって、楽しめた。

もちろん、おひねりも置いてきたよ！

そんなこんなで四日間かけてすべての地区を歩き、屋台と音楽、踊りを堪能した。

東地区には野菜やお肉が入ったトルティーヤのようなものがあったし、北地区にはケバブみたいなもの、そして南地区にはホットドッグに似たものが売られていた。

どこの屋台も串焼きとスープとジュースなどの飲み物を置いていることが多かったけど、それぞれに特色があって面白い。

もちろん、音楽や踊りも、地区によって違ったし、飽きなかった。

そして最終日。

私とエアハルトさん、アレクさんは中央地区にある大通りの一角で、聖女様たちの訪れを待っていた。

正面にはお城があって、近くで見るとすごい迫力だ。

今日は従魔《じゅうま》たちもみんな一緒に来ている。

私はロックと一緒にロキの背中に跨《また》がっている。ラズとスミレは私の両肩だ。

そしてレンの上にはユキが、シマの上にはソラがのっている。

親たちは私の身長と大差ない大きさになってきたからね……

ご飯をしっかり食べているからなのか、出会ったときよりも体格がしっかりしてきたこともあるんだろう。

しばらく待っていると遠くのほうから徐々に騒がしくなり、歓声が聞こえ始めた。

「お、もうじき来るぞ」

「お～！」

ワクワクしながら待っていると、聖女様ご一行の姿が見えてきた。

先頭にいたのは、軍馬《スレイプニル》にのった団長さんだ。

立派な鎧《よろい》を着て、槍《やり》を持っている。

そのうしろにはこの国の紋章《もんしょう》が描かれた旗を持った騎士がいて、さらにそのうしろには三列に並んだ軍馬《スレイプニル》が。

最初の馬車には王様と王妃様、王太子様ご夫妻がのっており、花をあちこちに撒《ま》いている。

また騎士が続き、そのあとにはグレイさんとユーリアさん、王妃様に似ている女性と、ビルさんに似ている男性が。

エアハルトさんが第二王女様とビルさんのお兄さんだと教えてくれた。

グレイさんたちもあちこちに花を撒《ま》いている。

私たちに気づいたようで、二人揃って手を振ってくれたうえに、大量に花を降らせてくれた。

もちろんゲットしたよ～。

従魔《じゅうま》たちもそれぞれゲットして、【マジックボックス】にしまったみたい。

そしてまた騎士が続き、今度は白に金色の刺繍《ししゅう》が施されている豪華なローブを身に纏《まと》った男性一人と女性二人が。

お歳を召された男性が教皇様、若い女性二人が聖女様だそうだ。

三人ともたくさん花を撒《ま》いていて、みんなそれを必死になって取ろうとしていた。

最後にまた騎士たちが通り過ぎ、喧騒と歓声が大きくなる。その熱気と余韻がすごかった！

「ほあ～……とっても素敵でした！　聖女様たちも、とっても綺麗《きれい》でしたね！」

「そうだな。聖女のうち一人は、そのうちリンの店にも顔を出すかもしれん」

「…………はい？」

聖女さまが私のお店に来るかもしれないって……どういうこと？

「二人いたうちの教皇の左にいた女性が婚姻するんだが、相手が冒険者なんだ。彼女自身も以前は冒険者だったから、そのうち一緒に来るんじゃないか？」

「なるほど、そういうことなんですね！　お相手は誰なんですか？」

「そこは見てのお楽しみってやつだ」

エアハルトさんの言い方からすると、私も知っている人なのかも。

というか、聖女様が冒険者をしていたなんて、新しいというかすごい。

パレードが終わったので、みんなで移動する。

帰り道でなくしてしまったら嫌なので、お花はすぐにリュックにしまった。

栞《しおり》にするには大きすぎるから、押し花にして壁に飾ろうかな。

そんなことを考えながら、帰りも屋台でいろいろと堪能しつつ、自宅に戻ってきた。

夕飯はどうしようかな。屋台でたくさん食べたから、あまりお腹がすいてないんだよね。

迷っていたら、ハンスさんがパスタを作ったから、一緒に食べないかとエアハルトさんから連絡がきたので、お邪魔することに。

ハンスさんが振舞《ふるま》ってくれたのは、魚介類のトマトパスタ……いわゆるペスカトーレだったんだけど、とっても美味しゅうございました。

名前はペスカトーレじゃなくて、そのまま魚介のトマトパスタだったけどね。

もともとトマトパスタには野菜を入れていたそうなんだけど、試しに魚介類を入れたら美味しかったのだとハンスさんが喜んでいた。

うん、どんどんそうやって試行錯誤《しこうさくご》して新しい料理を作ってほしい。

これからもハンスさんの料理を食べるのが楽しみだと思った夜でした。


日に日に陽が落ちるのが早くなり、夜の寒さが身に沁《し》みてくる。

それもあり、最近は暖炉に火を入れるようになった。

お店自体は開店当初のころのように並ぶこともなくなり、今は私一人か、たまにララさんかルルさん、アレクさんが手伝いに来る程度で人手が足りるようになった。

ラズとスミレ、他の従魔《じゅうま》たちもお手伝いしてくれるから、助かる。

誰もがみんなを……特にロキとレンとシマ、スミレを怖がって、おバカなことを考えないようになったみたいだと、ヘルマンさんやカズマさんたちから聞いた。

そんなこんなで秋も深まった十一月、遠くの山に雪が積もり始めたころ。

〈リン、乾燥した枝や木を集めればいいのか？〉

ロキが尋ねてくる。

「うん。冬用の薪《まき》にするから。もし【マジックボックス】に入らないようなら持ってきてね。私の鞄の中に入れるから」

かったからだ。
冬に向けて薪《まき》を集め、本格的に雪が降る前にもう一度薬草などを採取をしておきた
今日は従魔《じゅうま》たちと一緒に、西にある森に来ている。
〈わかった〉

従魔《じゅうま》たちは採取はラズ、戦闘はロキがリーダーと、きちんと役割を分けている。

「うーん、さすがに少ないなあ」

〈仕方ないよ、リン。もう枯れる時期だし〉

「だよねぇ……」

森に来てみたものの、薬草の一部はもう枯れていた。

ダンジョンで採れる薬草や、庭で栽培している薬草もあるけど心許《こころもと》ない気持ちになる。

〈リン、いっぱい持ってきたにゃ〉

〈入らないから、リンの鞄に入れてほしいにゃ〉

「おお、こんなにたくさん！　ありがとう、ソラ、ユキ」

〈もっと必要にゃ？〉

「うん。探してきてくれる？」

〈わかったにゃ～〉

ソラとユキが乾燥した枝を、たくさん持ってきた。

【マジックボックス】に入らないなんて、どれだけあるんだろうと思ったら、てんこ盛りだ。

小さな枝はそのまま、大きな枝は【風魔法】で小さくし、リュックにしまう。

そのあとも、従魔《じゅうま》たちは続々と採取したものをもってくる。

ロキやレン、シマに至っては、ブラウンベアとビッグホーンディア、ビッグホーンラビットまで狩ってきているんだから、すごい。

どれも冬支度《じたく》にもってこいだ。

お肉は保存して、毛皮はコートか絨毯《じゅうたん》代わりの敷物にしようかな。

内臓はポーションの素材です。

もう少し採取したいので、迷わないように少しずつ森の奥へと移動する。

枯れ枝や薬草、キノコなどを探すものの、どれも枯れてなかなか見つからない。

動物が齧《かじ》ったのか、歯型がついているものもあった。

〈リン、ここらも枯れてる〉

「やっぱりないか～。まあ、いざとなったらダンジョンに潜ればいいんだけど」

〈ダン、ジョン、マタ、イキタイ〉

〈我らも行ってみたいにゃ〉

〈〈行きたい！〉〉

「そうだね。連れていってくれるよう、誰かに相談してみようか」

どこのダンジョンがいいかな。

やっぱり、薬草が不足しがちだから上級ダンジョンか、特別ダンジョンかな。

特別ダンジョンって、私でも入れるのかな？

レベル的には問題ないから、たぶん大丈夫だと思うけど。

そのあたりも聞かないとな～。

そんなふうに考えていたら、その日の夜、久しぶりに一緒にご飯を食べようとエアハルトさんに誘われた。ちなみにメニューはシチューでした。具だくさんでとっても美味しい。

ご飯を食べながら、冬支度《じたく》に関する話をした。

「リン、冬支度《じたく》はどうだ？　俺たちはだいたい終わったが」

「私もだいたい終わりました。あとは、もう少し薬草があれば心配ないです。森では思ったよりも採取ができなかったので……ダンジョンに潜れたらいいなぁって思ってます。それに、魚介類とお豆腐も欲しくって！」

魚介とお豆腐と言ったら、エアハルトさんやアレクさんに苦笑された。なんでさー！

プリプリしていたら、エアハルトさんが一緒にダンジョンに潜る時間を作ると言い出したので驚く。

「騎士のお仕事は？」

「それは、まあ……なんとかするから。休みが取れ次第行こう」

「いいんですか？」

「ああ」

お仕事が忙しいだろうに、一緒にダンジョンに潜る時間を作ってくれるなんて嬉しい！

「そうだな……中級に五日、西の上級ダンジョンに五日、特別ダンジョンに五日の日程でどうだ？」

「それでいいです！」

「リンが冬の長期休みを取るときに合わせて潜るか」

「そうですね。お休みに関しては、そろそろゴルドさんたちが長期の休みを一回取ると言っていたので、それに合わせようかと思ってます」

「なら、そのときだな」

エアハルトさんによると、帰省《きせい》というか、生まれた町や国に帰る人が多いから、みんな長期のお休みを取るんだって。

ただ、数が少ないっていうだけで、ダンジョンに潜っている冒険者はいる。

全部の鍛冶屋《かじや》が一斉にお休みにしちゃったら、武器や防具の本格的なメンテナンスができなくて冒険者が困ってしまうから、他の鍛冶屋《かじや》と被らないように休みの日程を調整しているそうだ。

もちろん、同じ理由でポーション屋や道具屋も、一斉に休むことはない。

だから、私も長い間お休みを取っても問題はないと教えてもらった。

それならよかった。

まずは中級ダンジョン。次に、西にある上級ダンジョンに潜る。

特別ダンジョンは、一応今の私のレベルでも潜ることはできるけど、もう少し高いほうが楽になるらしいので、中級と上級ダンジョンでレベル上げしてから潜ることに。

上級では薬草と、少なくなってきた魚介類を大量に採ってこよう。

ロキ一家やレン一家のお気に入りでもあるしね。

特別ダンジョンは初めてだから、薬草や魔物もなにが出るのか図鑑で勉強したり教えてもらわないと。お豆腐もたくさんゲットできるといいなあ。

そんなことを考えながら、話し合いを進めたのだった。

話し合いをした一週間後、話があるから家に来てほしいとエアハルトさんに呼ばれた。

なんの話だろう……と行ってみると侯爵様ご夫妻と団長さんもいる。

「エアハルト、どうした？」

不思議そうな顔をしている侯爵様。団長さんは諦めたような顔をして、肩を落としている。

なんだろう？

「はい、話があって、父上たちをお呼びしました。リンにも聞いてほしかったので、彼女も呼んだんです」

そしてエアハルトさんの口から爆弾が落とされた。

「俺は近いうちに騎士を辞めて、冒険者になります」

いきなりそう宣言したエアハルトさんに、侯爵様ご夫妻は息を呑み、団長さんは溜息をついている。突然の出来事に、私も驚き固まってしまった。

当の本人であるエアハルトさんは、とても誇らしげで、すっきりとした表情をしている。

「理由を聞かせてくれ」

侯爵様の言葉に頷《うなず》くエアハルトさん。

「自由にダンジョンに潜り、魔物の数を減らして、王都を護りたいのです」

「それは騎士でもできることではないのか?」

「いいえ。騎士は月に数回、潜るだけですから。充分とは言えません」

「……」

エアハルトさんの返事に、侯爵様が黙り込む。

「俺はもっと自由にダンジョンに潜りたいんです。冒険者から話を聞く限り、そろそろ上級や特別ダンジョンの下層に潜って調査しないと、魔物が増えていろいろとまずい状況になってきています。モンスター・スタンピードを起こすわけにはいかないでしょう」

「それは……」

モンスター・スタンピード――魔物の増加を原因とする大暴走は絶対に起こしてはいけないものだ。それがわかるからこそ、侯爵様も団長さんもなにも言えずにいる。

「下層に潜って魔物を倒すことができる人は少ない。だからこそ、俺は騎士を辞めて冒険者になりたいんです」

そんなエアハルトさんに、とうとう侯爵様も諦めたように微笑む。

「お前はこうと決めたら意外と頑固だからな。好きにするがいい」

「ありがとうございます！」

侯爵様の言葉に、緊張が綻《ほころ》んだように笑みを浮かべるエアハルトさん。

すぐに騎士を辞めるわけじゃないだろうから、時期など詳しいことはこれから団長さんと話し合うんだろう。親子でいろいろと話を始めるエアハルトさんたち。

アレクさんにエアハルトさんへの伝言をこっそり頼んで、そっと部屋から出る。

そして家まで戻ってきた。

さすがに騎士団の話とか侯爵家の話をしているところにいてはいけないと思ったから。

「エアハルトさん、騎士を辞めちゃうのかあ……」

勿体《もったい》ないなあとは思うものの、それはエアハルトさんの人生なんだから、私が口を出すことではない。それに、エアハルトさんの志《こころざし》は素晴らしいものだし、長年の夢を叶えることができたなんて、ちょっと羨ましい。

私もいつか、誰にでも認められる薬師になりたいなあ……なんて思いつつ、従魔《じゅうま》たちと一緒に眠ったのだった。

第四章　王宮医師と共同作業

最近は『猛《たけ》き狼《おおかみ》』や『蒼《あお》き槍《やり》』に薬草の採取依頼を出したり、以前ダンジョンで採取した分の薬草を使ってポーションを作ったり、代わり映えのない日々を過ごしている。

そんなある日、いつものように店を営業している中、アレクさんから「エアハルト様がお呼びですよ」と言われたわけですが……

「……はい？」

「だから、騎士団を辞めてきた」

挨拶もそこそこに、「騎士を辞めて冒険者になった」と言われ、危うくアレクさんが淹《い》れてくれた紅茶を噴《ふ》き出《だ》すところだった。

今日の紅茶はミルクティー。さすが本職、私が淹《い》れるのよりも美味しい。

……じゃなくて!!

「え……宣言したのは聞いていましたけど、本当にもう辞めちゃったんですか？」

「ああ。以前からロメオには辞めたいと言っていたんだが、ずっと断られていてな。父上の許可を得たことで、ようやく辞めることができた」

清々《すがすが》しい笑みを浮かべるエアハルトさん。

「なんだか勿体《もったい》ないです。安定したお給料がもらえていたのに」

「確かにそうだが、騎士の給料は上級冒険者の収入より少ないいんだぞ。それに、金に困ってはいないんだ。今までの給料も滅多に使わないから貯まっていく一方でな。この屋敷だって、その貯金で買ったものだし」

お金が貯まる一方って……

どうりで最高級の防犯機能のお金をポン！　って出してくれたわけだよね。納得した！

「冒険者と騎士って、具体的になにが変わるんですか？」

ふと気になったので尋ねてみる。

「そうだな、騎士も冒険者も危険なのはどっちも変わらない。自由度と金銭的なアレコレが違うくらいだな」

「どういうことですか？」

「騎士は服や装備品、ポーション類が支給されているんだ。だから、ダンジョンに潜るのに、金はかからない。だが冒険者はすべてを自分で揃えることになるから、初期装備や毎回の物資の補給に金がかかる。まあ、その分好きな装備品を身につけることができるし、力量次第で稼ぐことができる」

「なるほど～」

騎士も冒険者も似ている部分もあるけど、明確な違いもあるってことか。

イメージ的には騎士が公務員で冒険者が自由業……そんな感じなのかもしれない。

「騎士の装備品は、一般的というか、どれも同じものだからな。ヒヒイロカネを使った武器なんてないし、よくてアダマンタイトかオリハルコンなんだよな～」

金属のことはよくわからないけど、騎士が使うってことは悪いものではないのだろう。

でも、エアハルトさんの実力には見合っていなかったのかもしれない。

「それに、ダンジョンにも結構な頻度で出入りしてるように見えたんですけど、足りなかったんですか?」

「ああ。初級と中級ダンジョンには、月に数回潜っていたんだが、上級と特別は月に一回潜れればいいほうでな。騎士の活動費は、全額ではないが民《たみ》の血税《けつぜい》で賄っている部分もあるからな。多額の予算が必要な上級と特別ダンジョンにはそう頻繁に潜れないのは仕方がないんだが……」

「うわあ……」

予算の壁っていうのは異世界にもあるみたい。

なんだか世知辛《せちがら》いなあ。

「そんな事情もあって、上級以上のダンジョンに潜る人間が少ないからこそ、俺はダンジョンに自由に出入りして、魔物を減らしたいと思ってるんだ」

だから、エアハルトさんはずっと冒険者になりたいと思い続けていたんだね。

エアハルトさんと同じように、他にも、騎士から冒険者になった人は結構いるんだって。

誰がってことまでは教えてくれなかったけどね。

そこは彼らが自分で話すまで、聞くなってことなんだろう。

「これからは冒険者としてダンジョンに潜って、依頼をこなす。もちろん、リンの個人的な依頼も受けられるし、好きなタイミングでダンジョンに連れていってやれる」

「本当ですか!? やった！ そのうち薬草採取の依頼を頼むかもしれないです」

「おう、いいぞ。報酬はその都度《つど》決めようか」

「はい！」

薬草の種類によっては、特別ダンジョンでしか採取できないものもある。

なので、エアハルトさんが依頼を受けてくれたらとても助かる。

「いっそのこと、パーティーを組んだらどうでしょう、エアハルト様」

私たちの様子を静観《せいかん》していたアレクさんが、提案してくれた。

「パーティー？」

「ええ。僕とエアハルト様と、リンと従魔《じゅうま》たちで」

「なるほど、そうすれば簡単に一緒に潜れるな」

名案だとでも言うように表情を明るくするエアハルトさん。

私ももう一人でダンジョンに潜れるとはいえ、不安がまったくないわけじゃない。

それに、ラズ以外の従魔《じゅうま》はまだ進化する可能性があるから、レベルを上げたほうがいいとも言われている。パーティーを組んでいるほうが、より多く戦闘に参加することができて効率的だ。

「私はありがたいし構いませんけど、本当にいいんですか？」

「僕もいいですよ」

「俺も構わない。三人でパーティーを組むか」

「「はい！」」

「リーダーはもちろん、エアハルトさんですよね！」

ちなみにサブリーダーはアレクさんになってもらった。

私はエアハルトさんやアレクさんほど、ダンジョンについての知識があるわけではないし、店をやっているので時間に余裕もないからね。

パーティーの中で私ができることは、ポーションを使って状態異常を治すことと、採取や料理のお手伝い。あとはドロップを拾うことだろうか。

戦闘に関しては従魔《じゅうま》たちのほうが大先輩ということもあって、はっきり言ってお任せ状態だ。

なので、サポートを重点的に行おうと思う。

さっそく冒険者ギルドに登録に行こうと外に出たら、エアハルトさんの家の前でグレイさんとユーリアさんにばったり会った。

「やあ、エアハルトにアレクにリンじゃないか」

「ごきげんよう」

「どうしたんだ、約束をしていないのにウチに来るなんて。珍しいな」

「エアハルトに尋ねたいことがあってね。ロメオから聞いたんだけど、騎士を辞めたんだって？」

「ああ」

「だったら、僕たちとパーティーを組んでほしいなあって思ってね。エアハルトなら信頼できるから」

グレイさんは以前からエアハルトさんに、誰とパーティーを組むべきか相談していたんだって。ユーリアさんと二人きりでダンジョンに潜って怪我《けが》をしたこともあって慎重になっていたみたい。

「『猛《たけ》き狼《おおかみ》』はどうした？　誘われていただろう？」

「そうだけど、あそこはそれぞれがカップルだからね」

「あ〜……」

グレイさんの言葉に、エアハルトさんとアレクさんが微妙な顔をしている。

なんとヘルマンさんたちはそれぞれでカップルになっているらしく、自分たちも同じだとはいえ、その中に入るのは気が引けるんだそうだ。

カップルの中に入るのは私だって遠慮したいよ、うん。

前は知らなかったからホイホイついていったけどさ。

「それに、僕たちに普通に接してくれるのは、エアハルトたちだけだからね。他の冒険者とパーティーを組むのはなかなか難しくて」

グレイさんは王族だ。だからこそ、組むことができる人が限られてくるんだろう。

「そういう事情だったんだな。リンもグレイのことを知っているし……リン、アレク。二人も一緒にパーティーを組むということでいいか？」

「僕はいいですよ」

「私もお二人ならいいですよ」

従魔《じゅうま》たちもエアハルトさんの家で会ったり、ポーションを買いに来ているグレイさんとユーリアさんを覚えていたようで、警戒するようなことはなかった。

「ありがとう。じゃあ、よろしく」

みんなで握手をして、登録をするために冒険者ギルドへと向かう。

といっても登録するのは正式なパーティーじゃなくて、仮のパーティーだ。

一度仮のパーティーを組んで、戦闘や人間関係の相性を確認してから正式なパーティーに変更することが多いんだって。なるほど～。

冒険者ギルドに着いたので、受付で仮のパーティー登録をする。

リーダーはグレイさんがやるのかと思ったらそんなことはなく、エアハルトさんのまま。

サブリーダーと拠点とパーティー名に関しては、まだ仮の段階なので保留にしておく。

手続きはリーダーとなるエアハルトさんが全部やってくれることになったので、私たち四人はタグを預けて、登録が終わるのを待つだけでした。

「これでパーティー登録は終了となります。ありがとうございました」

タグを返されたので、更新された内容を見る。

表には私の名前とランクやレベル、従魔《じゅうま》の種族と名前に加えて、新たに仮パーティーの登録状況が記載されている。

レベルがひとつ上がって八十三になっていて驚く。

あれかな、みんなでちょこちょこ森に出かけては採取や討伐《とうばつ》をしていたからかな？

嬉しい！　これでまた一歩、特別ダンジョンに潜れる日が近くなった。

嬉しさのあまりエアハルトさんたちに報告したら、せっかくだから早いうちにレベルを上げてしまおう……ということで、さっそく中級ダンジョンに五日間潜ることになった。

レベルを上げるため……といっても、目的の中には薬草採取もあるんだけどね！

買い取りをしているけど、冬を越すとなると微妙に足りなくなりそうなのだ。

採れたら果物や野草、キノコも採取しちゃいますよ〜。

今回一緒に行くのは従魔《じゅうま》たちとエアハルトさん。アレクさんはお屋敷内の冬支度《じたく》の最終準備、グレイさんとユーリアさんは婚姻式の衣装合わせがあるとかで、今回は断念することに。

せっかくみんな一緒に行ける機会なのに！　と三人は残念がっていた。

まあ、上級ダンジョンか特別ダンジョンには全員揃って潜るってことで、納得してもらったよ。

中級ダンジョンは一度踏破《とうは》しているので、行きたい階層に一瞬で行けるし、帰りもボスを倒すことなく簡単に帰ってこられる。

頑張って薬草を採取しますよ！

ということで中級ダンジョンに潜ってきた。

パーティー依頼として風邪薬などに使うキノコの採取を請《う》けたんだけど……

それぞれバラけて採取をしている途中でロキたちが怒っている声が聞こえた。

なにかあったのかと近づいて内容を問うと、とあるテイマーがロキたちにつけられている従魔《じゅうま》の証を無視して、テイムしようとしてきたらしい。

もちろん失敗したんだけど……なにをやっているんだか……

迂闊《うかつ》な行動に呆れたエアハルトさんがテイマーに対峙《たいじ》したものの、彼は懲《こ》りずに魔法を放とうしている。

仲間が殴って気絶させたことで事なきを得たんだけどね。

最終的に、エアハルトさんの判断で、テイマーにスキルを封印する首輪をつけた。

また襲いかかられても困るし、話を聞いた限り今までも彼はあちこちの人に迷惑をかけているみたいだから。

スキルを封印する首輪は、ギルドで外してもらうしかない。

ギルドの人に説教をくらっちゃえ。そしてしっかり反省して、改心してほしい。

仲間たちもそれがわかっているのか、未だに目を覚まさない彼が起きたら地上に戻るという。

そんなこんなでトラブルはあったものの、順調にダンジョンを進んでいった。

歩きながらエアハルトさんと、今年は風邪が流行《はや》りそうだといった話をした。

そのときに、私に依頼がくるかも、とも言われたよ。

例年、風邪薬の製作は薬師と医師全体に依頼がくるんだって。

風邪薬と解熱剤くらいならば薬師も作れるし、数があればあるほどよいものだから依頼がくるんだと、エアハルトさんが教えてくれた。

そういった経緯で、薬草だけじゃなくて薬の材料も採取することに。

「帰ったらグレイに詳しいことを聞いてみるといい。グレイならいろいろ教えてくれるだろう」

そう言われて頷《うなず》いた。

グレイさんとユーリアさんは冒険者でありながらも、王宮と深い関わりがあるので、そういった情報を集めて、王宮医師に伝える役割を果たしているんだそうだ。

王宮医師は他にも王都や他の町にいる住民や医師から話を聞いて、風邪の流行を予測しているらしい。

きっとグレイさんたちも風邪薬の材料が必要になるよね、なんて話しながら、お土産用に、多めに採取をする。

そして無事に五日間を中級ダンジョンで過ごし、採取をこなしてホクホクした気持ちで王都に戻ってきた。

ダンジョンにいる間エアハルトさんとたくさん話したけど、なんというか、以前と違う気がした。

パーティーメンバーとして対等な気持ちでいられたからかな？

いつか、私が異世界から来たことや、本当のことを話せるといいな。

まだ信用しきれないのが申し訳ないけど、できれば最初に話すのは、エアハルトさんたちがいいなあ……なんてことを考える。

話したとして受け入れてもらえなかったらどうしよう……って不安もあるけどね。

中級ダンジョンから戻ってきて数日。今日は店がお休みの日。

従魔《じゅうま》たちとまったりしていたら、アレクさんが私を呼びに来た。

グレイさんとユーリアさんがエアハルトさんの家にいるらしく、私が作った風邪薬と解熱剤を見せてほしいと言ってるんだって。

「休みのところをすまないね、リン」

「構いません。私が作ったのはこれです」

以前作った風邪薬と解熱剤をグレイさんに渡す。

【アナライズ】を発動させているんだろう……じっくりと見るグレイさんとユーリアさん。

この世界の薬は、基本的に粉薬か丸薬《がんやく》だ。

液体の薬もあるにはあるんだけど、丸薬《がんやく》や粉薬ほど種類があるわけじゃないらしい。

今回見せた風邪薬と解熱剤はどっちも丸薬《がんやく》なので、長期間保《も》つ。

長期間といっても使用期限は半年が限界なので、大抵はその場で必要日数分を作って渡すんだって。

そこは日本と同じだね。

まあ、私が作った薬は【無限収納《インベントリ》】の中に入っていたので、新鮮なままですよ～。

時間が経過しない【無限収納《インベントリ》】や、同じ仕様のマジックバッグを持っている人たちからすれば、使用期限など関係ない話。

Sランクや Aランク冒険者ともなると、容量が小さくともパーティーにひとつは時間が経過しないマジックバッグを持っていることが多いそうだ。

そしてエアハルトさんたちはSランクなだけあって、一人ひとつ持っている。とはいっても、重量制限はあるみたいだけどね。

閑話休題《それはともかく》。

「さすがリンですわ。これでしたら大丈夫ですわね、ローレンス様」

「ああ。リン、君に、王家から依頼だ」

「王家から依頼、ですか?」

グレイさんの言葉に、背筋が伸びる。

「ああ。もっともこれは、医師と薬師全体への依頼になるんだけどね」

グレイさんとユーリアさんによると、中級ダンジョンでエアハルトさんに聞いた通り、風邪が流行《はや》る傾向にあるんだって。

なので、早めに薬を用意して流行に備えているという。

「わかりました。ダンジョンから帰ってきたばかりなので材料はたんまりありますから、問題ないです。どれくらい作ればいいですか？」

「他にも医師や薬師はいるから、そうだね……二、三百人分くらいかな？　ただ、材料が足りないようなら、今ある材料で作れる分だけで構わないよ」

「えっと、確か……はい、材料は足りそうです。ポーションと違って、一回にたくさん作れるので」

「そうか、ありがとう。悪いんだけど、早めに作ってもらえないかな？　遅くとも、二週間以内に全部納品してくれると助かる」

「わかりました」

グレイさんにお願いされたので、頑張って早く作ろうと思いながら家に帰る。

途中で解熱剤に必要になる薬草の一部を庭から少しだけ採取し、作業部屋に篭《こも》った。

作業を始めようとする私の周りに、従魔《じゅうま》たちが集まってくる。

〈リン。キョウ、ナニ、スル？〉

「これから風邪薬と解熱剤を作るの。スミレはなにをするの？」

〈リン、ノ、サギョウ、ミタイ〉

「いいよ。他のみんなはどうする？」

〈〈〈〈〈〈リンの作業を見たい！〉〉〉〉〉〉

「ふふ、いいよ。たくさん作るから、疲れたら寝てもいいよ」

作業を見たいって、みんな可愛いことを言ってくれるなあ。とっても和《なご》む！

せっかくなので、材料を作業台の上に出し、ひとつひとつ説明する。

〈あ、これはダンジョンや森にあったにゃ！〉

「うん、そうだよ。これが風邪薬の材料の一部なの」

〈そうなのにゃ～〉

〈この青いキノコもだよね、リンママ〉

「うん、そうだよ」

赤と青のキノコをてしてしと叩き、見たことがあるとはしゃぐユキとロック。

ロックはなぜか私をママと呼ぶ。母親が亡くなっているから、寂しいのかもしれない。

他にも、ソラがダンジョンや森で見た材料を叩いては、どこにあったかを話している。

従魔《じゅうま》たちと話しながら、一部の材料を乳鉢《にゅうばち》で潰し、粉状にしたり液体を抽出《ちゅうしゅつ》したりしていく。

すべての材料が揃ったら一ヶ所に集め、魔力を込める。

一部を除き、医師が作るお薬類は、魔力を込めると丸薬《がんやく》や粉薬になる。

同じように魔力を込めているのに、ポーションは液体になるんだから、本当に不思議だ。

「……こんなもんかな？」

【アナライズ】を発動させて、確認をする。

【風邪薬】　レベル2
風邪に効く薬。すごく苦い
丸薬《がんやく》にすることで飲みやすくなっている
一日三回、三日間飲むと予防の効果あり

うん、ちゃんとできてる。それにしてもこの世界の風邪薬は、予防できるのがすごい。

まあ、それでも風邪をひくときはひいちゃうから、そうしたらまた薬を飲むそうだ。

そのために、大量の薬が必要なんだろう。

風邪薬ができたので、今度は解熱剤を作る。

これは高熱が出たときに風邪薬と併用《へいよう》するんだって。

日本でもあまりにも酷いと抗生物質や解熱剤を別々に処方してくれていたし、それに似た感じなんだろう。

そういえば、手洗いうがいって風邪の予防として広まっていないのかな。

手洗いはみんなしているけど、うがいをしているところは見たことがない。

マスクをすれば、多少なりとも防げると思うし。

風邪は空気感染だったはずだから、したほうがいいと思うんだけど……

グレイさんに提案したら、採用してくれるかな。

だけど、下手にこの世界にない知識を披露してまた大事《おおごと》になっても困るし……

「うーん……。どうしても流行が収まらなかったら、提案してみよう」

マスクは無理でも、せめて手洗いうがいだけでも提案してみようと思い、解熱剤作りを再開した。

【解熱剤】レベル2
熱に効く薬。すごく苦い
丸薬《がんやく》にすることで飲みやすくなっている
一日三回飲むと完全に熱が下がる

うん、これもちゃんとできた！

というか、風邪薬も解熱剤も『すごく苦い』のに『飲みやすい』って説明が出てくるのはどうしてだろう？

もしかして、先人たちはすごく苦い粉薬を飲みやすくするために丸薬《がんやく》にしたのかな。

だとしたらグッジョブだよ。

私だったら、すんごく苦い薬は飲みたくないもん。少しでもマシなほうが嬉しい。

まあ、良薬口《りょうやくくち》に苦《にが》しって言葉があるくらいだから、効き目のいいお薬なんだろうなあってことは理解できるけどね。

できた薬はそれぞれグレイさんに渡された瓶に詰《つ》めた。

風邪薬は赤、解熱剤は青の丸薬《がんやく》だから、間違えることはない。

それぞれ瓶十本分ずつできたので、夕方にそれを持ってエアハルトさんの家に行った。

グレイさんに薬を全部渡すとずいぶん早いってびっくりされた。

もともと材料が揃っていたのと、かなり集中して作った結果です！

と、ここまではいいんだけど……グレイさん以外にも白衣を着た見知らぬお爺さんとビルさん、騎士が二人いるんだけど……

そのお爺さんは誰かな、グレイさん！

「どれ……ほほう……いい出来でございますな」

お爺さんは、グレイさんと一緒に私が作った薬を眺めている。

「だろう？」

「腕がとてもいいのじゃろう」

「……あの、グレイさん。お話の途中で申し訳ないんですけど、その方はどちら様でしょうか？」

「おお、すまないのう。儂《わし》は王宮医師で、マルク・ランベルト・ヴァッテンバッハという者じゃよ」

「お、王宮医師様⁉　はじめまして。私は平民の薬師で、リンと申します」

うわ～、お爺さんは王宮医師様でした！　好々爺然《こうこうや》とした方で、白髪がとても渋いです。

ということは、ビルさんたち騎士は護衛なんだろう。

どうしてそんな偉い人がここにいるの？

「どうしてって顔をしてるね。マルクがリンに会ってみたいと言うから、一緒に来たんだ」

私の考えを察したのか、グレイさんが教えてくれる。

「初めて見る、同じ魔神族の薬師じゃからのう。ポーションの評判はもちろんのこと、陛下やローレンス様から話を聞いて、儂《わし》も会いたくなったんじゃ。リンは儂《わし》の玄孫《やしゃご》と同じくらいの年じゃと聞いて、年月を感じたのう」

「や、玄孫《やしゃご》と同じ……」

うわ～、それだけ年齢が離れているのか。

見た目は六十代前半くらいにしか見えないけど、それだけ魔神族はとても長生きなんだということを実感した瞬間だった。

「ポーションも薬も、とてもいい出来じゃった」

「ありがとうございます。王宮医師様にそう言ってもらえると、とても励みになりますし、嬉しいです」

真っ直ぐな言葉で褒められて照れてしまう。いい人だな～マルクさんって。

「ほっほっほっ！　儂《わし》も嬉しいのう。まるで、玄孫《やしゃご》がもう一人増えたようじゃ」

「は？」

マルクさんってば、意味不明なことを言い出したよ。

「どうじゃ？　儂《わし》の玄孫《やしゃご》にならんかのう？　どういうわけかうちは男ばかりでのう……女の子が欲しいんじゃよ」

「お断りさせていただきます。平民が玄孫《やしゃご》だなんて、あらぬ誤解をされます。それに、身内に女性はいらっしゃるんですよね。だったら、男ばかりというのは違うと思うんですけど」

「ううむ……これは一本取られたわい」

なんかとんでもないことを言われたけど、ここは断らせてもらう。

セカンドネームがあるってことは、貴族でしょ？　貴族の玄孫《やしゃご》なんて、私には無理！

「残念じゃのう。じゃが、この場では爺と呼んでくれんかのう？」

寂しそうな顔をするマルクさん。

「うう……。この場限りであれば。……お爺ちゃん」

「おお、お爺ちゃんとはなんて新鮮な響きじゃ！　ええのう、ええのう！」

「マルク……顔がだらしないよ」

「おお、それはすまなんだ」

グレイさんに突っ込まれているけど、マルクさんはどこ吹く風で、ずっとニコニコとしている。

お爺ちゃんという存在を知らない私からしても、とても不思議な感覚だ。

その後、せっかくだからみんなで一緒にご飯を食べようという話になった。

醤油か味噌を使った料理が食べたいと、グレイさんとマルクさんにリクエストされ、ハンスさんも興味津々《きょうみしんしん》だったので、久しぶりに私が料理することに。

なにを作ろうか悩む。久しぶりに肉じゃがを作ろうかな。

肉じゃがはハンスさんも作ってるところを見ていないしね。

だから、一緒に作りませんかとお誘いしたら、すんごい勢いで頷《うなず》いていた。

しかも、作ってる間もメモを取りつつ、「別の肉に変えても……ロック鳥、いや、ボア……いやいや、バイソンか？」なんてぶつぶつ言ってるし。相変わらず研究熱心です！

肉じゃがの他は、アサリのお味噌汁とホーレン草のおひたし、レーコンのきんぴら、温野菜サラダ。ドレッシングは和風とマヨネーズを用意したよ。

「おお、おお、オーク肉はこうしても美味いんじゃなあ。焼くよりも柔らかくて、儂《わし》はこっちのほうが好きじゃ」

「オーク汁も美味しかったけど、これもいいね」

みなさん美味しそうに食べてくれている。

「よかったら、肉じゃがのレシピはいりますか？」

「ぜひもらいたいな。僕にもくれるかい？」

「わたくしも欲しいですわ」

「儂《わし》も欲しいのう」

やっぱりみなさん、レシピは欲しいみたい。

「わかりました。今書きますので、お待ちくださいね」

相変わらず下手糞な字で、できるだけ丁寧に文字を書く。

その様子をみなさんにじっと見られていて恥ずかしい。

エアハルトさんが、私はもともと孤児で最近字を習い始めたばかりだと説明してくれていた。

というか、この世界に来てもう五ヶ月以上経つんだから、もっと上達していてもいいはずなんだけど……なにか文字の練習をしようかなあ……

なんて思っていたら、マルクさんが勉強を教えてくれると言い出したので、みんなしてギョッとした。

「ちょっ、マルク!?」

「いいではありませぬか、ローレンス様。儂《わし》はそろそろ引退じゃし、弟子が育ったり巣立ったりして時間がありますからのう」

ニコニコしているマルクさん。

「いいえ、さすがにそれは申し訳ないので、自分で頑張ります」

「む……。では、店番はどうじゃ？　どうせなら、儂《わし》が作った薬を売ってくれるとありがたいんじゃが」

王宮医師様が店番なんて……ってなんでマルクさんがそんなことを……

「店番って……。え、本当に店番をする気かい？　マルク」

焦った様子のグレイさん。

「うむ。ローレンス様が言っておったじゃろう？　リンの店番を探しておると」

「あ～……」

グレイさんってば、そんなことまで喋っちゃってるのか。

確かに一度、みなさんがいるときに、私がダンジョンに潜っている間、店番をしてくれる人を雇いたいって話をしたけど。

まさか王宮医師にまで話がいっているなんて思わないじゃないか！

「どうかのう、リン。儂《わし》がいれば、リンはいつでもダンジョンに行けるぞ？」

「でも……」

「儂《わし》は家督を譲っておるし、王宮も辞そうと思っておってな。リンが気にすることはなにもないから大丈夫じゃよ？」

大丈夫って言われても、困る。

「リン、マルクは言い出したら聞かないんだ。別の人間を雇うまで、マルクにお願いしたらどうだろう？」

「俺もそのほうがいいと思う。上級冒険者の中には、医師が作る薬が欲しいという人もいるし実際に医師と連携して、医師が作る薬を売っている薬師もいるんだ。問題はないと思う」

グレイさんもエアハルトさんもマルクさんの提案にのっている。

「それに、〝信用・信頼できる〟という意味でも、マルクはこれ以上にない人材だしねぇ」

「はい？」

王宮に勤めているからかな？　それとも……

「マルクは前王の末弟《まってい》なんだ。王族籍から外れて公爵家に婿入りした人なんだよ」

「げっ！」

また王族でした！　しかも、現公爵家とか、ほんとどうなってるの⁉

王様からしたら叔父さんになるし、グレイさんからしたら大叔父さんになる……のかな？

そんな人を雇うって、ダメでしょう！

「そ、そんな身分の高い人を雇えませんって！　雇うくらいなら、勉強のほうがいいですよ！」

「勉強だけではなく、森に採取に行ったり、一緒にお茶も飲んでほしいのう……」

「うぅ……。わかりました。雇うのはダメですけど、それでお願いします……」

「ほっほっほっ。ではよろしく頼むの」

なんというか、掌《てのひら》の上で転がされてしまった。これだから貴族は……溜息をついたら、他の人は苦笑していた。

きっとみなさんも、マルクさんに一度はこうやって掌《てのひら》の上で転がされたことがあるんだろう。

マルクさんのお勤めが来年の春までなので、勉強などに関してはそれ以降ということになった。

それまでになにか一通り読めるようになりなさいと、あとで子どもが読むような本や勉強道具を贈ってくれるという。

……書くのは下手だけど、読む分には問題ないってことは言わないでおこう。

「あの、勉強道具は自分で買いますけど……」

「玄孫《やしゃご》になったんじゃ。それくらいはさせてくれんかのう？」

「玄孫《やしゃご》になることを承諾した覚えはないです」

「むぅ……。そなたは意外と頑固じゃのう」

「頑固というより、常識だと思うんです。それに、私はそれなりに稼いでいるので、自分で用意したいです。お気持ちだけ受け取らせていただきますね、お爺ちゃん」

にっこり笑って、お爺ちゃんと呼ぶ。

この場に限りそう呼んでいいと言ったのは、マルクさんだからね。

「頑固なところはマルクそっくりだね。本当に血が繋がっていないのが不思議だよ」

余計なことを言わないでください、グレイさん。

「あと、リンにもうひとつお願いがあるんじゃがのう」

「なんでしょうか。私にできることならいいんですけど……」

マルクさんの言葉に身構えてしまう。いったいなにをお願いされるんだろう。

「なあに、簡単なことじゃて。儂《わし》と一緒に幼児用の薬の開発してくれんかのう？」

「はい？」

幼児用のお薬ってなにさ。今ある丸薬《がんやく》じゃダメなのかな。

「幼児用には、丸薬《がんやく》を半分にして飲ませるんじゃが、あれは苦いじゃろ？　飲むのを拒否する子どもが多いから死亡率が高いんじゃ」

マルクさんの説明に納得する。

確かに私が施設にいたときも、小さな子たちは苦い薬は飲みたくないと言って、病院の先生や看護師さんを困らせていたっけ。

そのとき先生たちがどんなふうに対処していたか思い出して、それを提案してみる。

「はちみつを使ったりして薬を甘くしたりできないでしょうか」

「ふむ……。一歳にならない子にはちみつは使えんぞ？」

そうか。はちみつは小さい子には使えないって、日本にいるときもニュースで言ってたっけ。

どうしたらいいのかなあ。

「マルク、そろそろ夜も更《ふ》けてくるし、それはまた別の日に話したらどうだい？」

マルクさんと考えこんでいると、グレイさんがそう提案してくれた。

「そうですな……」

「さすがに王宮に招くとなるとリンが萎縮《いしゅく》してしまうから、場所はどこか別のところがいいと思うけど……」

悩むグレイさんに、エアハルトさんが助け舟を出してくれる。

「なら、ここを使っていいぞ？　グレイ」

「あ、それなら作業部屋にしていたお部屋があります。エアハルトさん、そこを使わせてもらってもいいですか？」

王宮に行くのは緊張してしまうから、エアハルトさんの厚意に甘えよう。

作業部屋なら、必要な道具も全部揃っているしね。

「構わない。ヴァッテンバッハ公もそれでいいでしょうか」

「おお、おお。それで構わぬよ。玄孫《やしゃご》との共同作業じゃな！」

それは違うと思います、マルクさん……

それからはマルクさんとグレイさんが、エアハルトさんの家にしょっちゅうやってきて、幼児用の薬について話し合う日々が続いた。

本当は砂糖を使って甘くした薬がいいんだろうけど、そうすると庶民が買うには高い薬が出来上がってしまう。

風邪における死亡率が一番高いのは庶民の子どもたちなので、それだと意味がない。なので、砂糖の代わりに果物を使ってはどうかという話になった。今日はその実験です！

「ダンジョン産の果物ですけど、大丈夫ですか？」

「構わんよ」

まずはお互いに、持ち寄った果物や薬草を確認した。

風邪薬の材料はよもぎ、オオバコ、クズが中心となっている。

「ふむ……リン、これはスライムゼリーかの？」

「そうです。これでとろみをつけたり固めてみたりして、液体やゆるいゼリー状の薬にしたらどうかなあと思って、持ってきました」

「なるほどのう。ゼリーなら熱があったとしてもつるんと食べられるしの」

「はい」

まだ歯がない赤子や食欲がない子でも、ゼリーならそのまま飲み込めると思うんだよね。

ただ、寒天《かんてん》とかこんにゃくみたいな硬さだと喉に詰《つ》まってしまうかもしれないから、そこは工夫する必要がある、と話し合った。

「まずは液体を抽出《ちゅうしゅつ》するかのう。リンや、手伝っておくれ」

「はい、お爺ちゃん」

エアハルトさんの家にいるときは、どうしてもお爺ちゃんと呼んでくれと懇願《こんがん》された。しかも、呼ばないと返事もしないのだ、マルクさんは。

どうしようもないなあ……と思いながらも、渋々頷《うなず》いたのはつい最近の話。

それはいいとして、まずは薬草類の抽出《ちゅうしゅつ》をする。

丸薬《がんやく》を作るときはすり潰した葉っぱも使うんだけど、今回は液体やゼリー状の薬を作りたいので、抽出《ちゅうしゅつ》液だけを使うのだ。なので最初に、抽出《ちゅうしゅつ》液だけでも効果が同じなのか確かめないといけない。

抽出液《ちゅうしゅつ》がたくさん出るように、いつも以上にしっかりすり潰す。

室内には、ゴリゴリという音が響く。いいなあ、この音。

ラズがそわそわしていたので、ミントの葉を潰すのを手伝ってもらった。

「ラズは器用じゃのう」

微笑ましそうに目を細めるマルクさん。

「そうなんです。いつも手伝ってくれるんですよ～。ね、ラズ」

〈うん！〉

ぷるぷると震えて触手《しょくしゅ》を出し、返事をするラズはとっても可愛い！

残りの従魔《じゅうま》たちはなにをしているかというと、スミレは自分の糸でなにやら編んでいるし、レン、シマ、ロキは窓際や暖炉の前で寛《くつろ》いでいる。

耳を動かしたり尻尾を動かしたりしているから、一応警戒してくれているんだろう。

子猫たちと子狼は、籠《かご》の中に入ってすやすやと寝ている。

そんな様子を見てほっこりしつつ、薬草をたくさんすり潰す。

他にも果物をジュースにしたり、スライムゼリーを水に溶かしたりと準備をした。

「お爺ちゃん、準備ができました」

「ありがとうの。さて……ここからが問題じゃな」

マルクさんがお薬専用の計量器を使い、抽出液《ちゅうしゅつえき》を量ってビーカーのようなものに入れる。

その中に水に溶かしたスライムゼリーを入れ魔力を込めたのちに、冷やして固めると、綺麗《きれい》な緑色のゼリー薬ができた。

「ふむ……抽出液《ちゅうしゅつえき》だけを使ったうえに、スライムゼリーを混ぜても、効果は問題ないのう」

「おお～」

医師のスキルを発動しているのか、驚きながらもマルクさんがうんうんと頷《うなず》いている。

この段階で効果が消えてしまうと一から考え直さないといけなくなってしまうと、マルクさんはずっと心配していた。成功してよかったよ。

次は基本となるゼリー薬をたくさん作り、それを一晩寝かせることに。

そうして、効果がどう変化するのか確かめるんだそうだ。

新薬の開発はこうして何度も同じことを繰り返すんだって。大変だなあ。

今日はもうやることはないからと、一旦おひらきに。


翌日の夕方。

「お爺ちゃん、寝かせておいたゼリー薬はどうですか？」

「なんの問題もないのう。これなら次に移れるかの」

あとは如何《いか》にして効果をそのまま、果物ジュースを混ぜて甘くするかの実験です。

「じゃあ、スライムゼリーにジュースを入れて溶かしてみますね」

「頼むの」

スライムゼリーと水分の配合は私のほうがよくわかっているとのことで、マルクさんは私に任せてくれた。

昨日、基本のゼリー薬を作ったときの配合を思い出しながら、スライムゼリーを溶かす。

その中に抽出《ちゅうしゅつ》液を入れるマルクさん。

冷やして固める前に、まずは味見。

「多少は薬の苦さが出ておるが、まずまずかのう?」

「そうですね。一旦これで固めてみますね」

【生活魔法】で冷やし固める。

「これだとちと固いかのう」

今回はスライムゼリーの十倍のジュースで作ったのだけど、まだ少し固い。

「そうですね。もう少しジュースの割合を増やしてみますか?」

「そうするかの」

もう少し柔らかくするために、十五倍のジュースを入れてみた。

そして抽出液《ちゅうしゅつ》を入れ、冷やす。

固まることはなかったけど、トロっとした感じになった。

「これくらいがいいかの？」

「ですね」

スプーンで掬《すく》ってゆるさを確かめるマルクさん。これならば赤子も飲めるだろうと、満足げだ。

「これで一晩寝かせてみて、だのう」

「そうですね。あとは果物との相性でしょうか」

「そうじゃな。いろいろ試してみるかの」

今回使ったのはジョナゴールド。他にもいろいろな果物を用意していたので、一通り作ってみることに。

最終的に市販されているリンゴやオレンジ、アップルマンゴーとイチゴ、桃味のゼリー薬を作り、一晩寝かせた。

そして翌日。

「ふむ……効果に差が出たのう。一番効果の高いものがいいと思うんじゃが、どうじゃ？」

「そうですね。丸薬《がんやく》と同じ効果のものがいいと思います」

マルクさんによると、丸薬《がんやく》と同じ効果が出たのは、市販のリンゴと桃、イチゴ味のゼリー薬だった。他は一晩たったら効果が薄れてしまったらしい。

ここからさらに実験。

丸薬《がんやく》と同じ効果が見込めた三種類のゼリー薬を今度は三日間、常温と冷蔵で保管して変化があるか確かめる。

貴族は一家に一台冷蔵庫を持っているけど、庶民はそうもいかない。

冷蔵庫は高価なものなので、宿屋や食堂、商会など限られた場所にしか置いていないのだ。

そのため、常温で保管できるかどうかが重要になってくるという。

そして数日後。

結論からいうと、三日間保管して効果が変わらなかったのは、リンゴと桃味のゼリー薬だった。

イチゴは三日目になって効果が下がってしまったそうなので、使えない。

そこからさらに日数を延ばして保管したものの、リンゴと桃味は、効果がまったく変わらなかったんだって。

ただ、ジュースを使ったからなのか七日目にはカビが生えてしまったそうなので、実験はそこで終了。

どのみち処方したらすぐに飲んでもらうし、問題ないだろうと話し合った。

最後はついに人体実験です！　被験者《ひけんしゃ》はマルクさんの親族にお願いするそうだ。

医者の家系だからなのか、新薬の実験には嬉々として協力したい！　という人がたくさんいるんだとか。おおう……ある意味変人ばっか！

玄孫《やしゃご》になることを断ってよかったと思った瞬間だった。

そこからはマルクさんが確かめることになるので、私のお手伝いはここまで。

結果は教えてくれるというので、待とうと思います。

そして一週間後。マルクさんが結果を報告しに来てくれた。

人体実験だけど、マルクさんが乳飲み子から十歳の子どもを持つ親に説明して実験に付き合ってくれないかお願いしたところ、全員快諾してくれたという。

やっぱり変人……

子どもたちにゼリー薬を飲んでもらったところ、誰からも「いらない！」と言われなかったそうだ。

その中でも四、五歳の子たちは、これなら甘くて飲みやすいと、逆に喜んで飲んでくれたらしい。

そこからは他の貴族の家や王家にお伺いをたて、効果を確かめてもらったのちに、新薬として登録するための手続きをしていたマルクさん。

「リンのおかげじゃ。ありがとうのう」

無事に庶民にも渡せるようになったと、とても喜んでいた。

「ほとんどお爺ちゃんがやったことじゃないですか。私はジュースとスライムゼリーの配合をしただけですよ？」

「そうは言うがの、その配合がとても重要じゃったんじゃ」

実はマルクさんも家で同じように実験したんだって。

だけど、私が見つけた十倍と十五倍以外はどれも効果が落ちてしまったらしい。

適当に決めただけだったんだけどなあ。

「いずれにせよ、これで子どもたちの死亡率が下がる。あと高齢者に飲ませるのもいいのではないかと、家人《かじん》が言っておった」

さすが医者一家、すごいなあ。

あと、喉が痛くて飲めない人にもいいのでは、なんてマルクさんと薬や薬師の仕事について話すことが楽しくて、あっという間に時間が経っていた。

報告を聞いて、少し雑談をしたら帰るつもりだったのに……

最初は単に生活できればいいと思って、アントス様が勧めてくれた薬師になったけど……

だけど、スミレやロキ一家やレン一家、グレイさんやユーリアさんという酷い怪我《けが》を負った人たちを治したことで、たくさんの人をポーションで助けたいと考えるようになった。

それに、マルクさんと一緒に作業するうちに、私は、薬師であることを誇りに思うようになっていたみたい。

少しは成長できているのかな。

そこは「一緒に」と言ってくれたマルクさんに感謝です。

第五章　パーティー結成

今日も元気に営業中ですよ〜。

店番は、ロキとシマ。

どうも従魔《じゅうま》たちで話し合い、店番のローテーションを組んでいるみたい。

毎日違う従魔《じゅうま》が店にいるので、女性冒険者の中には、それを目当てに買い物に来ている人もいる。

ただ、未だに毛並みを触らせてもらえなくて、凹《へこ》んでいるけどね！

そして、いろいろと落ち着いたので、今までは忙しくてできなかったポーションの空き瓶の回収を始めました。

みなさん回収を待っていたみたいで、すぐに持ってきてくれている。

私の店の瓶には鈴の絵が描かれていて、その瓶を五本持ってくると、ハイポーションかハイMPポーション、万能薬のどれかと交換することができるのだ。

これは瓶の回収を円滑《えんかつ》にするためのサービスです。

ただ、中には別のお店の瓶を持ってきてしまう人がいて、それを指摘することもあった。

まあ、一回指摘すると、次は同じことがないのは嬉しい。

「瓶を回収してくれるのはありがたいよ」

常連の冒険者が話しかけてくる。

「他のお店ではしていないんですか？」

「してないってことはないが、回収してる店のほとんどは瓶自体を売ってる雑貨屋だな。リンちゃんのところみたいに、瓶を回収しているポーション屋は少ないんだ」

「そうなんですね。はい、ハイMPポーションです」

「ありがとう。またな」

「ありがとうございました～」

彼が言うには、私のように瓶に絵を描いているポーション屋はあまりいないんだって。だから回収していないんだとか。

その分、なにも描いていない瓶に関しては、雑貨屋さんたちが回収しているらしい。回収した瓶は洗浄して、使い回しているそうだ。

ちゃんとリユースしてるんだなあ。もちろん、私もリユースするよ！

そういえば、マルクさんと作ったゼリー薬なんだけど、あのあとさらに二回納品をこなし、今では新薬として市場に出回っている。

そしてどういうわけかあれから、私のもとにはマルクさんから、三日に一度は手紙が来る。

手紙のやり取りも文字の勉強の一環なんだって。

そのおかげもあるのか、少しずつだけど、字が綺麗《きれい》になってきていた。

まあ、それでも合格点をもらえるほど綺麗《きれい》じゃないんだけどさ。

先生よろしく添削《てんさく》した手紙が戻ってくるんだから、笑ってしまう。

というか、厳しいよ～。

ちなみに私が今使っているレターセットは、グレイさんを通してマルクさんからいただきました！

あと、ユーリアさんが懇意《こんい》にしている商会に一緒に行ってくれて、そこでもレターセットを選んだよ。さすがお嬢様だなあって感じたし、勧めてくれたレターセットもセンスのいいものだった。

私が選んだものも褒めてくれたよ～。

「せっかくですもの、誰かにお手紙を書いてはどうかしら？」

ユーリアさんがそう提案してくれたので、後ろ盾になってくれたガウティーノ侯爵様と騎士団、ユーリアさんのおうちにお礼の手紙を書いた。

王家はさすがにね……って思っていたんだけど、グレイさんが「僕が渡すよ」と言ってくれたので、緊張しながらもお礼の手紙を書いた。

エアハルトさんとアレクさんには、出会ってからずっとお世話になっているからと、個人宛にお礼の手紙を書いて渡した。

二人とも手紙をもらえると思っていなかったようで、とても喜んでいた。


そんなこんなで日にちが過ぎて、西の上級ダンジョンに潜る日が来た。

薬草と魚介類の採取が主な目的なので、第四階層から第六階層まで順番に進んでいく予定。

今回は正式なパーティー結成に向けた相性テストでもあるから、全員で潜りますよ～。

第四階層で一泊、第五階層で二泊、第六階層で一泊する予定だ。

場合によっては日程が前後すると言っていたから、採取できた量次第で考えるんだろう。

みなさん大量の魚介類を狙ってるみたいだしね。

今回はチームに分かれて採取をすることになっている。

組み合わせは、グレイさんとユーリアさん、エアハルトさんとアレクさん、私と従魔《じゅうま》たちといった感じだ。

「じゃあ、やりますか。みんなもお手伝いしてくれる？」

《《《《《《頑張る！》》》》》》

従魔《じゅうま》たちに声をかける。みんなやる気満々だ。

「頼もしいね。ここは強い敵が出るから、怪我《けが》したらすぐに言うんだよ？」

《《《《《《わかった！》》》》》》

みんなであたりに気をつけながらダンジョンの奥へと進んでいく。

待ち合わせは、ひとつ目のセーフティーエリアにお昼ごろ。

なので、今回は全員がダンジョン内の地図を持っています。

採取をしていると、店に来てくれている冒険者がやってきて飴《あめ》をくれた。

「え、いいんですか？」

「ああ。いつもリンのポーションのおかげで助かってるしな」

鈴のマークが入っているポーションの瓶を振りながら、笑っている冒険者のお兄さんたち。

「ありがとうございます。大事に食べますね」

飴《あめ》をくれたこの人たちは店に来るたびに、かなりの量を買ってくれるAランク冒険者だ。

もうじきSランクに上がりそうなんだって。

「頑張ってSランクになってくださいね！」

「おう！」

またな、とお互いに手を振って別れ、私たちは採取を再開する。

〈リン、オークジェネラルが二体、近づいてる〉

「わかった。お肉を落とすといいなあ」

〈あと、レッドホーンディアも三体来てるにゃ〉

「おー！　どれか一体だけでもいいから、内臓を落としてくれないかなあ」

ロキとレンが警告してくれたので一旦採取を止めた。大鎌を構え、魔物が来るのを待つ。

まずはロキが【土魔法】でオークジェネラルたちの足を縺《もつ》れさせ、ロックが【咆哮《ほうこう》】を放つ。オークジェネラルたちはビクリと震えて立ち止まった。

その隙を狙い、牙と爪を使って攻撃するロキとロック。

親子だからなのか、流れるような連携で攻撃している。

あっという間に二体を倒し、その場にはすっごく大きな塊肉と魔石《ませき》がドロップした。

お肉ゲットです！

そしてレッドホーンディアのほうはというと……

レンとソラで一体、シマとユキで一体を担当している。

レンとシマが【火炎魔法】で足止めし、ソラとユキがレッドホーンディアたちの首筋に噛みつく。

ソラとユキが離れると、今度はレンとシマが首筋に攻撃。

交互に攻撃して、あっという間に倒していた。

で、残りの一体はというと、ラズとスミレが触手《しょくしゅ》と糸で拘束し、足止め。

その隙に私が首を攻撃し、斬《き》り落とす。

ほぼ同時に全員の戦闘が終わり、あたりには立派な角や毛皮、お肉、内臓、魔石《ませき》とたくさんのものがドロップしている。やったね！

「みんな、お疲れ様！　たくさんドロップしたね！　オークジェネラルって高級食材だって言ってたよね？　お肉を食べるのが楽しみだねぇ」

〈お肉、嬉しい？　リンママ〉

「うん、嬉しいよ、ロック。みんなでたくさん食べようね」

〈やった！　リンママのご飯美味しいから、嬉しい！〉

〈あたしも嬉しいにゃ！〉

近寄ってきた従魔《じゅうま》たちを労うように、撫でていく。

毎日お風呂に入っているからなのか、みんな毛並みはふかふかだ。

ラズはツルスベぷよぷよ、スミレはビロードのような手触り。

ずっともふもふしている場合ではないので、さっさとドロップ品を拾い、リュックにしまっていく。

こんなふうに採取と戦闘を繰り返しながら、待ち合わせ場所のセーフティーエリアを目指した。

たまに顔見知りの冒険者に会うこともある。

食べられるキノコや果物を教えてほしいと言われたので、見分け方や簡単な調理法も教えた。

そのお礼にと、役立つ戦術を教えてもらったり、ドロップ品の一部や飴《あめ》や果物をもらったりした。

というか、どうしてみんなして飴《あめ》をくれるのかな……

他にも『猛《たけ》き狼《おおかみ》』やカズマさん、『蒼《あお》き槍《やり》』のメンバーから聞いたのか、ゴルドさんに依頼をして、バーベキューセットを作ったという冒険者パーティーにも会った。

「便利だよな、このバーベキューセット。薪《まき》か炭が必要だが、薪《まき》は森でもダンジョンでも拾えるし」

楽しそうに笑う冒険者たち。

「そうなんですよ。竈《かまど》を作らなくていいから、楽ですよね〜」

「リンちゃんが作ってくれって言ったってゴルドの親父に聞いたけど、本当なの？」

メンバーの一人である女性冒険者が尋ねてきた。

「げっ！　そんなことまで喋ってるんですか？　ゴルドさんってば」

「その言い方からすると、本当なのね」

お喋りなゴルドさんめ！　と言うと、冒険者たちが笑う。

私が最初に注文したっていうことを広めないでと、ゴルドさんに口止めするのを忘れてた！

まあ、今さらだし、別にいいかと開き直る。

セーフティーエリア目前だったので、そのまま一緒にエリア内に入った。

「まだ来てないみたいだね、エアハルトさんたち」

ざっとエリア内を見たけどメンバーは誰もいなかった。

〈そうだね。端っこに行って準備しておく？〉

「そうしようか」

ラズの提案を受けて、エリア全体を見渡せる場所で、尚且つみんなでご飯が食べられるようなスペースに陣取った。

なにせ従魔《じゅうま》がいっぱいいるから、真ん中だと邪魔になるんだよね。なので、端っこに寄ったのだ。

バーベキューセットをふたつ出し、中に薪《まき》を入れて火を点ける。

かなり寒くなってきているから、火が点くとその暖かさにホッとした。

手持《ても》ち無沙汰《ぶさた》になってしまったので、みんなを待っている間にご飯を作っておくことにする。

「なにを作ろうかな」

〈ラズはアサリと野菜が食べたい〉

〈〈〈魚がいいにゃ～〉〉〉

〈ホタテ、タベ、タイ〉

〈我はハマグリとやらがいい〉

〈リンママ、オレも！〉

「わかった。じゃあ、網焼きにしようか」

みんなに魚介類をリクエストされたので、残り少なくなった手持ち分を放出する。

どうせあとで第六階層に行くし、また大量に採取すればいいだけだ。

魚はそのまま焼いたものと塩焼き、ちゃんちゃん焼きのように野菜をのせたものを用意する。

味付けは味噌でいいかな？

「リンちゃん、その匂いはやべえって。腹が減るよ。作り方を教えてくれないか？」

ちょうどちゃんちゃん焼きを始めたところで味噌の焼ける匂いにつられたらしい冒険者たちが何人か寄ってきた。

彼らもお客さんだ。

実践しながら作り方を教えたら、すぐに自分たちのところに戻って調理を始める冒険者のみなさん。

聞き耳を立てていたのか他の冒険者も真似を始めて、そこかしこで同じ匂いがしてきたのには笑ってしまった。

「リン、悪い。遅くなった」

「あ～、ごめんね、リン。こっちも遅くなったよ」

魚と野菜をひっくり返していると、エアハルトさんとアレクさん、グレイさんとユーリアさんが戻ってきた。

「大丈夫ですよ。もうじきご飯ができるので、お皿を用意してくださいね」

すぐにできるからと、みんなに準備を勧めておく。

ちゃんちゃん焼きは蓋《ふた》をしたほうがいいんだけど、思いつきで作ったものだから、蓋《ふた》なんてない。

しょうがないからひっくり返したところ、魚はいい具合に焼けているし、野菜もいい感じでしんなりしてきている。

スープのあくを取って味付けし、それもみんなに渡す。

採取結果の報告や、午後の計画を話し合いながらご飯を食べ、食後のお茶にミントティーを飲んだ。

休憩が終わったら、もうひとつのセーフティーエリアを目指し、今度はみんなで移動を開始。

ダンジョンに潜る前に、冒険者ギルドで連携の訓練もしたんだけど、訓練と実践は違うから、下層に潜る前に実践して確かめるんだって。

「お、ゴブリンジェネラルとファイター、メイジが二体か。上級ダンジョンの慣らしとしては、ちょうどいいな」

「だね。じゃ、手筈《てはず》通りにね。ロック、お願い」

魔物を見つけたエアハルトさんとグレイさん。

ガオォォォーン！

ロックの【咆哮《ほうこう》】を合図に、戦闘が始まった。

私たちのパーティーには、敵の攻撃を一手に引き受け、足止めする役割を果たすタンクがいない。

その代わりにロキかロックが【咆哮《ほうこう》】を放つか、レンたち一家の誰かが【火炎魔法】を放って魔物を足止めする。

その隙をついて私とユーリアさんが魔法を放ちます！

私は【風魔法】のエアショットやウィンドカッター、ユーリアさんは敵の反撃に備えて、みんなに【補助魔法】のマジックシールドを張った。

そしてグレイさんが大剣、エアハルトさんが長剣、アレクさんが双剣で攻撃。

誰かが怪我《けが》をしたら私がポーションで回復させたり、ヒールウィンドをかけたりすることになっている。

護衛はもちろん従魔《じゅうま》たちの誰か。毎回違うから、これもみんなで決めて、ローテーションしてくれているみたい。

今はラズとソラが私の側《そば》にいて、他のみんなはエアハルトさんたちと一緒に戦っている。

そうやって一体ずつ確実に仕留《しと》めていき、全部倒しきる。

「……よし、安全確保」

「ふう……。リンの従魔《じゅうま》たちがいると、戦闘がとても楽ですわね」

「左様でございますね」

「時間もかからないしね」

安全が確保されたので、みんなホッと一息つく。それでも警戒は怠《おこた》らない。

なにがあるかわからないのが上級ダンジョンだからだ。

ドロップはゴブリンジェネラルたちが装備していた剣や鎧《よろい》、魔石《ませき》だった。

ゴブリンジェネラルはたま～にいい装備をドロップするらしいんだけど、今回はみんなが装備しているものよりもランクの低いものだったので、ギルドで売ることが決まった。

その後も戦闘と採取をこなしつつ進み、セーフティーエリアに到着した。

今日はここに泊まるので、野営《やえい》とご飯の準備を始めます。

夕飯はパンとジェネラルオークを使ったステーキ、寒いから温かいものが食べたいとリクエストをもらったので、バイソンを使ったビーフシチューにしてみた。

あと、アボカドを使った海鮮サラダ。ドレッシングはわさび醤油です。

わさびは前回来たときは見つけられなかったんだけど、木の実としてなっていた。セーフティーエリアの近くで、スミレが見つけてくれました。グッジョブ！

海鮮サラダにはマグロやかつお、他にもエビとイカ、ホタテの貝柱を入れている。

みんな魚介類が生のままなことにびっくりしていたから、その場で洗浄を使って安全だと説明したよ。

「なるほどなあ。確かに洗浄を使えば安心だな」

納得したように呟《つぶや》くエアハルトさん。

「マヨネーズやタルタルソースも、洗浄を使った卵から作っているんです。ブルーノさんやガウティーノ家に習いに来た料理人さんたちにも、そのように伝えました」

「なにがあるかわからないからね。いい判断だと思うよ」

最初はドン引きしていたけど、口にした瞬間、顔を綻《ほころ》ばせて勢いよく食べ進めてくれるみなさん。特にユーリアさんは気に入ったみたいで珍しくおかわりをしていたし、第六階層で魚介類をたくさん持って帰ると息巻《いきま》いている。

わさびの実は見かけたときに教えると約束をした。

で、今回は私も野営《やえい》に参加することになっている。

初めてなので、エアハルトさんにレクチャーしてもらいながらだけどね。

もちろん、従魔《じゅうま》たちも一緒だよ。

「今回はセーフティーエリア内だから、魔物のことはあまり警戒しなくてもいいが、寒いから火だけは絶やさないように。セーフティーエリアの外や、初級や中級ダンジョンでは必ず警戒するんだぞ？　まあ、リンには従魔《じゅうま》たちがいるから、恐らく平気だろうがな」

「わかりました」

小さくなってきた炎の中に薪《まき》を三本ほどくべると、徐々に炎が立ち上る。

それだけで周囲が暖かくなってくる。

ふと、隣に座っているエアハルトさんを見た。

出会ってから、半年ちょっと。なんだかんだと、ずっと一緒にいて、私のことを気にかけてくれている。

最近のエアハルトさんが生き生きしているように見えるのは、気のせいだろうか。

「ん？　俺の顔になにかついているか？」

「いえ。なんか、騎士だったころよりも、生き生きしてるなぁって思って……」

「ああ……。確かにそうかもな。俺はずっと冒険者になりたかったから」

冒険者になるという夢が叶い、毎日がとても充実しているというエアハルトさん。

「そういうリンはこの国に来て半年くらいか?」

「そうですね、そのくらいになります」

「この国はどうだ? リンの生活に合っているか?」

エアハルトさんは焚き火にあたりながら、優しい声音《こわね》で問いかけてきた。

「とても合っていると思います……侯爵様はちょっと苦手ですけど」

「ははは っ! まあ、リンが望まない限り、もう会うことはないと思うぞ? 父上も反省しているからな。まあ、困ったことがあったら頼れよ。ガウティーノ家には女児がいないから、母上もロメオもマックスも、リンを娘や妹のように思っているようだし」

「おおう……なんて恐れ多い!」

まさかの身内宣言!

エアハルトさんに注意されてから侯爵様たちは私に会いに来なくなった。

それでもたまにエアハルトさんの家で会ったときには、不便なことや困りごとがないか、気にかけてくれたりする。

最初のイメージがあるからアレなんだけど、今ではいい人たちだと思っているよ。

そのあともエアハルトさんと何気ないことをたくさん話した。

「あ、そうだ。リン、これを受け取ってくれ」

話がとぎれたタイミングで、エアハルトさんにリボンがかかった箱を渡された。

「え？　嬉しいんですけど、なんで……」

突然の出来事にびっくりしてうまく言葉が出てこない。

「プレゼントするのに理由がいるか？　まあ、リンが気になるのなら誕生日プレゼントとして捉えてくれ」

「誕生日って……。教えていませんよね、私」

「ああ。確かに知らないが、一応な。知り合った記念でもいい」

まさかプレゼントを渡されるとは思わなかった。

それに誕生日プレゼントだなんて……実は今日が誕生日だったりするからびっくりした。

「えっと……実は、今日が誕生日なんです……」

「おいおい、そういうのは早く言えよ！　帰ったらお祝いしような」

「いいんですか？」

「もちろん。ハンスとボルマンに言って、料理を用意してもらうとしよう」

ボルマンさんとは、ガウティーノ家で料理長をしている人だ。

そんな人に料理を作ってもらうって、いいのかな。でも、この世界の料理を食べるのは楽しみ！

「そういえば、贈り物をして祝う風習って、昔からこの国にあるんですか？」

「いや、北大陸にある、召喚ばかりしてた国からこの国に逃げてきた渡り人が伝えた風習だそうだ」

「そうですか……。その方はどうなったんですか？」

「昔の話だから定かではないが、この国で保護されて、幸せに暮らしたとしか聞いていないな。料理人だったらしいから、今ある料理はその人物が伝えたのかもしれない」

他にもその国から逃げ出した人もいて、彼らがあちこちの大陸に渡り、料理や魔道具の作り方を広めたといわれているそうだ。

そのうちのひとつがオーブンや揺れが少ない馬車やその車輪、宝石の加工技術なんだって。

他にもバレッタの作り方や装飾品のデザインも伝えられたとか。

検索できるレシピはきっと、過去に私と同じ世界から連れてこられた渡り人が残したものなんだろうなあ。

実際はどうなのかわからないけどね。

「なるほど。……ところで中身を見てもいいですか?」

「ああ」

リボンをほどいて箱を開けると、中に入っていたのはバレッタのような形の髪飾りだった。

あと、ネックレスと四つのピアス。

髪飾りの色はシルバーで、花や葉っぱが彫《ほ》られ、花のところには小さいながらも赤や黄色、ピンクの宝石があしらわれている。

ネックレスのチェーンとペンダントトップは金色で、この国の紋章《もんしょう》でもある鬣《たてがみ》が立派な獅子《しし》。

獅子《しし》はアイデクセ国の守護獣で、そのペンダントは御守りになると言われているんだって。

両目のところに青い宝石がついている。

ピアスはシルバーでシンプルな形だけど、耳の部分に青い石がついていて、その下にはチャームがぶら下がっている。

そのシルエットは、スライムに蜘蛛、猫と狼。

つまり、従魔《じゅうま》たちをモチーフにしたデザインだった。

「うわ～、素敵です！　髪飾りも可愛いし、ペンダントもカッコいい！　それに、これって従魔《じゅうま》たちですよね？　可愛い～！」

「ああ。特別に作ってもらったんだ。だから、今日が誕生日でよかったよ。おめでとう、リン」

「……っ、あ、ありがとう、ございます」

優しい笑顔で、「おめでとう」と言って頭を撫でてくれるエアハルトさん。

青い瞳《ひとみ》を逸《そ》らすことなく、私をじっと見つめてくる。

その笑顔にドキッと心臓が跳ねる。

くそう……イケメン貴族め！

「つけるから、貸して？」

髪飾りを渡すと、不器用な手つきで髪を掬《すく》い、うしろにつけてくれた。

「……よく似合ってるぞ、リン」

「ありがとう、ございます」

エアハルトさんの微笑みは、心臓に悪い。

どうしてこの人に恋人や婚約者がいないのか、本当に不思議だ。

失くしたくないからと髪飾り以外のものは箱の中に戻し、リボンをかけてリュックの

中にしまう。
帰ったらさっそくつけてみよう。
ピアスはどれからつけようかな。やっぱり、最初に従魔《じゅうま》になってくれたラズからかな？
毎日変えれば、嫉妬《しっと》して喧嘩する……なんてこともないだろうしね。
チャイを飲みながら、交代の時間までいろんな話をした。
交代したあとはテントの中に入って、ロキを枕に従魔《じゅうま》たちのもふもふに囲まれる。
従魔《じゅうま》たちも寝るときにおめでとうと言ってくれた。
みんなの誕生日も聞いたけど、覚えていないんだって。
なので、みんな同じ日ってことにする？　と提案したら、〈そうする！〉だなんて、
可愛いことを言ってくれた。私とお揃いがいいからって。
くぅ～……！
どうしてこう、うちの子たちはみんないい子で可愛いことばかり言うんだろう！
和《なご》む～！　癒《いや》される～！
内心、親バカっぽい感じで悶《もだ》えつつ、眠りについた。
翌朝。もふもふに包まれて眠ったからか、まったく寒くなかったよ！

簡単に身支度《みじたく》を整え、従魔《じゅうま》たち全員をもふってからテントの外に出る。

みなさんと話し合った結果、朝ご飯の支度《したく》は、最後に火の番をしていた人が担当することになった。

ちなみに、昼ご飯は交代で、夜ご飯は私が作ることになっている。

夜ご飯のときに、私を手伝いながら新しい料理を覚えたいんだって。

私が一緒にダンジョンに潜っていないときも、しっかりした料理を作りたいからだそうだ。

以前の簡素《かんそ》な料理を食べていたときに比べて、料理をしっかり食べたときのほうが、体が軽くて動きやすかったんだそうだ。

だから食事は大事なんだと改めて認識したと言っていた。

確かに食事は大事というか、しっかり食べるのって必要なことだもんね。

「おはようございます」

「おはよう、リン。エアハルトから聞いたけど、昨日が誕生日だったんだって？」

「そういうお祝い事は早く言っていただきたかったですわ」

「そうですね。僕たちも当日、一緒にお祝いしたかったですし」

みなさん続々と起きてきたと思ったら、私の誕生日のことが話題にあがった。

「すみません……。でも、なんだか恥ずかしくて……」

誕生日なんです、なんて気楽に言えるわけないじゃん！

祝ってほしいとアピールするみたいで、私にはハードルが高い。

「ダンジョンから帰ったら、きちんとお祝いをしようね。おめでとう、リン！」

「「「おめでとう！」」」

「ありがとうございます！」

本当にいい人たちばかりだなあ。

こんな気さくな人たちと出会えたのって、奇跡に近いんじゃなかろうか。

朝から誕生日を祝ってもらえて、ちょっと照れながら、朝ご飯の支度《したく》の手伝いをした。

今朝はアレクさんが担当だ。

乾燥野菜とキノコが入ったお味噌汁とご飯、おかずにオーク肉のサイコロステーキと目玉焼き。

朝からステーキはちょっと重いけど、これから動くことを考えると、ちょうどいいのかもしれない。

まあ、結局、食べきれなくて残ったステーキは従魔《じゅうま》たちが食べたけどね！

もっと食べろってみなさんに言われたけど、朝からそんなに食べられませんって。

大きくなれないぞって……余計なお世話です！

「よし、片づけは終わったな？　出発するぞ」

リーダーであるエアハルトさんの合図で、第四階層から出て第五階層へ向かう。

今日は第五階層にある一個目のセーフティーエリアを目指す。

そこで一泊し、第六階層に近いもうひとつのセーフティーエリアでも一泊する予定だ。

〈エア、ハルト。コレ、ワサビノ、ミ〉

出発して早々、スミレがわさびの実を見つけた。

「お、ありがとう、スミレ。ほう……？　緑色の木の実なんだな」

木の実の状態のわさびは、綺麗《きれい》な緑色だ。私が知っているわさびの色よりも濃い色だった。

「これをすり下ろして使うんです」

「なるほどね」

「爽やかな香りがしますのね」

「ですが、食べると鼻につーんとした辛さがあるのが不思議でございますね」

それを皮ごとすり下ろすといわゆるわさびみたいな状態になる、不思議な木の実だ。

昨日出した海鮮サラダにも使えるし、焼いたお肉をわさび醤油につけて食べても美味しいと言うと、お昼はそうしよう！　とみんな張り切っていた。

そして、根こそぎ奪うように、わさびの実を収穫していたよ……

なんというか、このメンバーって食べることが好きなのかなあ？

食に対する情熱というか熱意が強い。

悪いことではないからいいんだけどね。

それに、もともとパスタやパンが主食だったからなのか、日本食を新鮮に感じているんだろう。

わさびの実を採り終わったので、今度は他のものを探す。

薬草はもちろんのこと、食べられるキノコや風邪薬と解熱剤の材料も採取した。

「あ、そうだ。リン、また風邪薬と解熱剤を作っておいてくれないかな」

私が材料を採取している様子を見て、グレイさんが声をかけてきた。

「いいですけど……もう薬が足りなくなりそうなんですか？」

「ああ。この国ではまだ患者は出ていないけれど、隣国では流行《はや》り始めたらしくてね……。早い段階で対策しておこうと思っているんだ」

採取をしながら、風邪が流行《はや》り始めたことを教えてくれたグレイさん。

いつもはもう少し遅い時期から流行《はや》り始めるそうなんだけど、今年は早いんだって。

やっぱ手洗いうがいを提案したほうがいいかな？

「あの、手洗いうがいって、知っていますか？」

「手洗いは知っているけど、うがいってなんだい？」

思っていた通り、うがいのことを知らなかったグレイさん。

「うがいは、水を少しだけ口に含んで、喉のところで『あー』って声を出したりして、口の中で水を動かすやり方です。口の中を綺麗《きれい》にするために、水を含んで漱《すす》いで吐き出すって感じですかね？」

「なるほど」

うがいの説明って難しいなあ。

なんとか私の説明でもわかってくれたみたいで、みんな頷《うなず》いてくれる。

「それで、えっと……風邪って人から人にうつるじゃないですか。しかも、風邪をひいた人と一緒にいた人ほど、風邪をひいたりしませんか？」

「……言われてみれば、確かにそうですわね」

少し考えてから、ユーリアさんが頷《うなず》く。グレイさんも頷《うなず》いている。

「風邪って目に見えないほど小さなバイ菌が原因だそうです。なので、外から帰ってきたら手洗いとうがいをして、風邪の菌を追い出すとある程度予防できると聞きました。

それに、風邪の菌は湿気が嫌いなので、濡れたタオルや布をぶら下げたりして、部屋の中の湿気を増やしてあげるといいそうですよ」

日本にいたころは当たり前だった対策を話すと、全員に驚いた顔をされた。

……ヤバイ、これはやらかした、かも⁉

「そんな対策法があるんだ……。というか、リンはどこでそれを聞いたんだい？」

真剣な表情でグレイさんが詰《つ》め寄ってくる。どこでって……なんとか誤魔化さないと。

「お師匠様からですけど……なにかまずかったですか？」

「そんなことはないよ。とても博識で、すごい薬師だったんだなあと思っただけ」

「確かにすごい人でしたね、師匠は」

「過去形、か。亡くなっているのかい？」

「はい……」

ごめん、グレイさん、嘘をついちゃって。

本当のことも言えないし……と内心ダラダラと冷や汗をかいていたら、それ以上追及されることはなかった。

よかった！　日本の知識を披露するのは気を遣うよ……

風邪が流行《はや》ると、少なからず死者が出ることもあるって話だったから、手洗いうがいの話をしてみたんだけど……まさか、風邪じゃなくて、原因の違う病気ってことはないよね？

薬で予防できるなんて、変だもん。

でも、今私にできる精一杯のことはしました。

手洗いうがいが広まって、少しでも風邪の人が減るといいな〜。

採取したり、大鎌や私のレベル上げをしたりして第五階層で二日間過ごしたあと、第六階層に移動。

もちろん、魚介類狙いです。

「さあ、狩りまくりますわよ！」

「お手伝いいたします、ユーリア様」

一番張り切っていたのは、ユーリアさんとアレクさんでした！

第六階層を端から端まで移動し、出てくる魔物を狩りまくる二人。

従魔《じゅうま》たちも、二匹一組でばらけ、あちこちに行って狩りをしている。

しかも、【マジックボックス】に入らなくなるまで採っていたから、どれだけ魚介が食べたいのかと、ちょっとだけ呆れてしまった。

まあ、気持ちはわかるよ。本当に美味しいからね、このダンジョンで採れる魚介類は。

だって、いつもならほどほどのところで止めに入るエアハルトさんとグレイさんまでもが、嬉々として魔物を狩って魚介類をゲットしているんだもん。

そんなこんなで第六階層で一泊するためのセーフティーエリアに着いたので、みなさんのリクエストで浜焼《はまや》きをしているわけですが……

「この量では、冬の途中でなくなってしまいますわ！」

「エアハルト様、グレイ様。もう一泊、できれば二泊して、もっと魚介類を集めましょう！」

〈それはいい考えだ〉

〈もっと採るにゃ！　欲しいなら、お手伝いするにゃ！〉

「ありがとうございます、ロキ、レン！」

「「「……」」」

ユーリアさんとアレクさん、従魔《じゅうま》たちの勢いに、私とエアハルトさん、グレイさんが沈黙する。

ま、まあ、いいんだけど、もう充分じゃないかなあ。

結局、みなさんが持っているマジックバッグと、従魔《じゅうま》たちの【マジックボックス】の中身がすべて魚介類になるまで、戦闘しまくったのだった。

とっても楽しかったけど、若干疲れもしたダンジョンでした。

上級ダンジョンから戻ってきた一週間後。

ユーリアさんに連れ出され、中央地区にある高級そうな洋服を扱っているお店へ。

つまり、お貴族様御用達《ごようたし》の、超高級店。

なんでこんなところに連れてきたのかな、ユーリアさん！

「ごきげんよう。マダム・ラッヘルはいらっしゃるかしら？」

慣れた様子で店の奥へと進んでいくユーリアさん。

「いらっしゃいませ、ユーリア様。おりますが、本日はどのような御用でしょう？」

「この子に似合うドレスをお願いしたいの」

この子に……って私⁉　どういうことかと尋ねたかったけど、ユーリアさんはどんどん先へ進んでしまう。

「かしこまりました。こちらにどうぞ」

訳がわからないまま案内されたのは、トルソーにかけられているドレスがズラーっと並んだ部屋だった。

部屋の隅にはソファーとローテーブルが置かれている。

私たちが腰掛けると、すかさずミルクティーとクッキーとパウンドケーキが出てきた。

おお、もうこんな高級そうなお店にも伝わっているのか。

ミルクティーを飲み、クッキーをつまむ。

ミルクティーにはちゃんとはちみつが入っていたし、クッキーはアレンジしているのか、ナッツが入っていた。パウンドケーキは、バナナが入っているものみたい。

「美味しいです！」

「それはようございますわ」

このお店の店長さんらしき女性とユーリアさんに、微笑ましいとでも言いたげな顔をされてしまったよ……

で、そこからが大変だった。

まずはサイズを測《はか》りましょうと、下着姿になった私のバストやら腰回りやら様々な場所にメジャーを当てる女性店員さん。

その間に、店長さんとユーリアさんは、なにやらデザインのことを話しているみたいだった。

計測が終わると、今度はドレスを持った女性が入ってきた。

パステル系のものからシックなものまで、いろいろと。

それを私にあてがい、ああでもないこうでもないととっかえひっかえし、不要なものはどんどん部屋から出されていく。

「あ、あの……ユーリアさん。これはいったい……」

「ふふ……まだ秘密ですわ。では、こちらのライトグリーンのものをお願いしますわ」

「かしこまりました。では、お嬢様、一度こちらをお召しになってくださいませ」

「は、はい」

お召しになってと言われても、ドレスの着方なんて知らないよ!?

そんな心の叫びが伝わったみたいで、女性店員さんが手伝ってくれた。

そこから裾《すそ》の長さや袖の長さなど、手首にまち針刺しを嵌《は》めている女性たちがあちこちサイズ調整をしていく。

たぶんお針子《はりこ》さんだろう……とても手際がいい。

調整が終わるとドレスを脱がされ、もとの服に着替えることができた。

そして今度は靴や装飾品が運ばれてきて、またあでもないこうでもないと、店長さんとユーリアさんが話し合う。

私は出されたミルクティーを飲み、クッキーやパウンドケーキを頬張《ほおば》りながら、話を聞いているんだけど……

正直に言って、ファッションに疎《うと》い私には、なにを言っているのかわからない。

なによりも、なんでドレスに靴に装飾品？　私には関係ないと思うんだけど……

平民だもん、パーティーに行く予定はない。

「では、お昼までにお持ちいたしますわ」

そう言って店長さんが席を立った。

「お願いしますわね。お持ちいただく場所は、我が家でお願いしますわ」

「承《うけたまわ》りました」

できたドレスはユーリアさんの家に届くみたい。

……じゃなくて！

「えっと、ユーリアさん、今のってなんですか？」

「うふふ……内緒ですわ！」

楽しげに笑うユーリアさん。

「もう……今日は秘密ばかりですね」

「驚かせたいんですもの、内緒にしますわよ？　さあ、次は食材を買いに行きましょう」

お店を出たあと、せっかく中央地区に来たのだからと朝市を覗く。

高級店が並んでいる地区なだけあって、屋台や露店などはない。

だけど、お店の軒先《のきさき》がオープンになっていて、そこから買い物ができるようになっているところもあって開放感がある。

並んでいる果物や野菜は西地区とあまり変わらないけど……

他国の野菜など珍しいものを売っている。

まだ西地区では見たことがない白菜が売られていたから、個人的に買っちゃった！

これからの季節は白菜が必要になってくるからね～。

とりあえず丸のまま十個も買ったら、おまけでもう二個くれたのは嬉しかった。

「白菜はどうするんですの？」

「また今度のお楽しみです！」

「ふふ。では、それまで待ちますわ」

少し人通りが多くて、はぐれたら大変だからと、ユーリアさんと手を繋いで歩く。

なんか、お姉さんと一緒に買い物をしてる気分だな～なんて思っていたら、「妹と買い物をしている気分ですわ」なんてユーリアさんが言い出したから驚いた。

「ユーリアお姉様、と呼んだほうがいいですか？」

「あら！　では、今日は一日、それでお願いしますわ！」

微笑みながらそんな冗談を言うと、ユーリアさんものってくれる。

「わかりました、ユーリアお姉様」

二人で顔を合わせて、笑みをこぼした。

おお、普段は凛々《りり》しいユーリアさんが笑うと、美人度が増すなあ！

眼福《がんぷく》です！

野菜を買ったあとはユーリアさんの希望でお肉屋さんに寄り、ワイバーンとブラックバイソンのお肉を買った。

おおう、太っ腹だなあ、ユーリアさん。

二キロの塊が金貨二枚分って、庶民からしたら、絶対に手が出ないほど高い。

一度は食べてみたいけど、それなりに稼いでいる私でさえ、気軽に買うことができない値段だもん。

お肉を手に入れたところでユーリアさんと別れ、家に帰ってから庭の手入れをしたり従魔《じゅうま》たちと遊んでいると、アレクさんが顔を出す。

なんでも、再びユーリアさんが呼んでいるんだそうだ。

アレクさんと一緒にユーリアさんのところに行くと、そこにはメイド服を着た三人の女性が。

「カリナ、この子がリンよ。お願いね」

「かしこまりました、お嬢様。さあ、リン様、こちらに」

「へ？　え？　ちょっ！　ぎゃあぁぁっっ！」

カリナさんという女性に呼ばれたので側《そば》に行ったらそのままお風呂場に連れていかれて、着ていたものを全部脱がされ、そのまま全身洗われてしまった。

しかも、どこから持ってきたのかとてもいい匂いがする液体を使って、マッサージまでされてしまったのだ！

「うぅ……恥ずかしい……」

「お疲れ様。さあ、今度はドレスよ」

意気消沈としている私に、ユーリアさんが追い討ちをかける。

「うえぇぇぇっ!?」

もう嫌だ～！　と言う暇もなく、ドレスを着せられていく。

柔らかいコルセットで締めつけられ、お胸様がぐっと浮上した。

「あら、リン様はお胸が結構ありますのね」

「そうね。試着では大丈夫だったけれど……入るかしら」

「大丈夫そうですわ」

メイドさんたちとユーリアさんがわいわいと話しながら、私にドレスだ装飾品だスパイダーシルクの靴下だ靴だと着せていく。

それが終わると髪型も整えられ、薄く化粧までされてしまった。

「まあ！　まあまあまあ！　素敵ですわ！」

「「本当に！」」

またまたそんな冗談を。

私の顔は童顔な日本人だし平凡だし！　とか思いつつ鏡を見せてもらったら……

「…………誰これ⁉」

「リンではありませんか。とても素敵で可愛いですわ！」

この世界に来てから肩よりも長くなっていた髪は、両サイドからうしろにかけて編み込まれ、ひとつに纏《まと》められていた。

それを留《と》めているのは、エアハルトさんがくれたバレッタだ。

そしてドレスは、腰のあたりからふんわりと広がり、切り替え部分は幅広のリボンが巻かれているもの。

刺繍《ししゅう》やレースがふんだんにあしらわれていて、とても豪華だ。

確かに、童顔な私に似合っている、と思う。

ただ……胸が強調されて、大きく見えるのは勘弁《かんべん》してほしいよ……

靴のヒールはそんなに高くなくて、三センチくらい。

日本にいるときもこのくらいの高さのものを履いていたから、違和感はない。

一応、履き慣れない靴だから少しだけ歩かせてもらったんだけど、足にぴったりで、歩きづらいということもなかった。

「では、パーティーに参りましょうか、リン」

「え……なんのパーティーですか？」

「行ってからのお楽しみですわ」

そう言ってユーリアさんに案内されたのは、食堂だった。

そこにはたくさんの料理が置かれ、中にいる人たちはグラスを持っている。

みなさん正装してるんだけど、なんでー!?　確かにパーティーだと聞いたけども！

混乱しながらも中に入ると、みんなが一斉に私を見た。

「「「「「「「「リン、誕生日おめでとう！」」」」」」」」

そしてみなさんに、声を合わせてそう言われる。

その言葉に、これは私の誕生日パーティーなんだと察した。

帰ってからやるって聞いていたけど、正直言って忘れていたのだ。

突然のことだったけど、じわじわと嬉しさが込み上げてくる。

「あ、ありがとうございます！」

嬉しい反面、恥ずかしい。

それに、素敵なドレスを纏《まと》うのも、こんなにたくさんの人にお祝いされるのも初めて！

この場にいるのは仮のパーティーメンバーに加えて、『猛《たけ》き狼《おおかみ》』とカズマさん、『蒼《あお》き槍《やり》』とガウティーノ侯爵様一家。

そしてユーリアさんに似ている壮年《そうねん》の男女と若い男性、なぜかマルクさんまでいるし！

メンバーが豪華すぎやしませんか⁉

しかも、料理を作ってくれたのは、ハンスさんとボルマンさんだそうです！

たくさんの人が私のために……本当にありがたい！

「リン、紹介しますわね。こちらはわたくしの両親と、現当主の兄ですの」

あまりにも豪華なパーティーに、どうしたらいいのか戸惑う私を、ユーリアさんがエスコートしてくれた。

「は、はじめまして、薬師のリンと申します。後ろ盾になってくださり、ありがとうございました」

なんと、ユーリアさんのご両親とお兄さんでした！　美男美女でございます！

お父さんは渋すぎるし、お母さんはユーリアさんのお姉さんかと思うくらい、お若いです！

お兄さんも筋肉モリモリで、カッコいい！

「誕生日おめでとう。いいえ、こちらこそありがとう。私の娘の怪我《けが》を治療してくれて」

ユーリアさんに似た優しい笑みを浮かべる元侯爵様。

「とんでもございません。ユーリア様が治ってよかったです」

「あら、リンったら。今日はお姉様と呼んでくれるのではなかったのかしら？」

「この場では無理ですって！」

「では、僕もお兄様って呼んでほしいな」

「私たちはお父様とお母様かな？」

「無理を言わないでくださいよ～！」

くすくすと笑い、そんなことを言い始める侯爵様一家。

勘弁《かんべん》しておくれよ～、精神が持たないよ～！

「おお、リン！　おめでとう！　今日は一段と綺麗《きれい》で可憐《かれん》じゃ。やはり儂《わし》の玄孫《やしゃご》にならんかのう？」

しかも、そこにマルクさんが来ちゃったもんだから、困る！

「そのお話はお断りしましたよね、公爵様」

「先日のように、お爺ちゃんと呼んでほしいのう……」

「無理です。あの場だけって言ったじゃないですか！」

「おや、ヴァッテンバッハ公もリンと面識がおありですか？」

「うむ。先日薬の依頼をしたときにの、ローレンス様に紹介していただいたんじゃ。魔神族の薬師は初めてじゃからのう」

なにやら侯爵様一家とマルクさんで話し始めてしまったのでこっそり抜け出す。

今度は団長さんとガウティーノ侯爵様に捕まった。

「リン、誕生日おめでとう」」

「ありがとうございます。それに、料理人さんまで……」

「彼らが料理を作りたいと言い出したんだ。もう食べたかね？」

「まだです」

「それならば、あちらのテーブルに行こう」

二人にエスコートされて、料理がのったテーブルのところに行く。

並んでいた料理は私が教えた唐揚げや一口カツ、エビマヨ、ロック鳥と魚の照り焼き、ハンバーグ、ホタテのバターソテー、アサリのワイン蒸し。

他にもファルファーレやコンキリエ、ペンネなどのパスタを使ったものなど、この国独自の料理もある。

サイコロ状に切ったステーキも何種類かあった。この中には、朝買ったワイバーンとブラックバイソンのお肉を使ったステーキもあるんだろう。

主食としてはパエリア、パンが数種類、おにぎり。サンドイッチもある。

そして、デザートにはカットされた果物に加えて、一口サイズのミニパイや数種類のパウンドケーキ、ミルクゼリーやオレンジゼリーなどなど、いろんなものが並べられていたのだ。

その中で驚いたのが、ティラミスとイチゴのショートケーキ！

「ショートケーキ……ですよね、このイチゴがのっているのって」

「よくご存知ですね。最近ドラール国から入ってきた生クリームというものと、リンちゃんに教わったパウンドケーキを組み合わせて作ってみたのです。本来はスポンジというので作るそうなのですが、まだそのレシピが伝わっていなくて……」

な、なんだってーー!? ハンスさん、今なんて言った!?

ドラール国に、生クリームがある……だって!?

「な、生クリーム！ 欲しいです！ お菓子の幅が広がります～！」

「ははは！ 言うと思った！」

大はしゃぎする私を見て団長さんが笑う。

「誕生日プレゼントとしてはどうかと思ったのだが、用意している。あとで持ち帰るといい」

同じく笑っている侯爵様。

「わ～！　団長さん、侯爵様、ありがとうございます！　だけど、その前にこの美味しそうなケーキを食べたいです！」

「ふふ、どうぞ」

ボルマンさんがお皿にショートケーキとティラミスを、ケーキの脇には果物をのせて飾ってくれた。

さっそくフォークでカットして食べる。

「……!!　美味しーーー!!」

ケーキのスポンジとはまた違っていて、美味しい。

パウンドケーキ自体の甘さを控《ひか》えめにして、その分生クリームを甘くし、イチゴの甘酸っぱさで味を引きしめているのだろう。

これでスポンジのレシピが加われば、日本にいたときと遜色《そんしょく》ないケーキになると思う。

「ありがとうございます。他の料理もいっぱい食べてくださいね」

「はい！」

ティラミスも食べたら日本のものと変わりはなかった。

どこの国かわからないけど、コーヒーがあるってことだよね？　飲みたい！

「どれも美味しいです！　トマト煮とハンバーグ、ホタテとワイバーンのステーキをおかわりしたいです！　あと、ティラミスとショートケーキも！」

「ははっ！　気に入ってくれたならよかったですよ」

私のリクエストを聞いて盛りつけてくれるハンスさん。

デザートはボルマンさんが持ってきてくれた。

本当にどれも美味しい！

特にワイバーンは高級食材なだけあって、ほっぺたが落ちそうなほど美味しい！

飲み物もピンクグレープフルーツジュースやオレンジジュースなど、たくさんあったのでいろいろ飲んだ。

冒険者のみなさんと話したり、エアハルトさんやアレクさん、グレイさんともたくさん話して、楽しい時間を過ごしたよ。

そしてある程度の時間が過ぎたころ。

お腹がいっぱいになり、苦しいなんて思っていたら、どこからか音楽が聞こえてくる。

「お、そろそろダンスの時間だ。一緒に踊ろう、リン」

音楽に反応したエアハルトさんが私の手を取り、ホールへと誘導する。

「うえっ!? 私、踊れませんよ!? マナーだって知りませんし!」

「大丈夫だ。俺が教えてやるから」

中央ではグレイさんとユーリアさん、ユルゲンス前侯爵様ご夫妻、ガウティーノ侯爵様ご夫妻などなど、それぞれのカップルが踊っている。

「右、左、前、うしろの順に足を動かせばいいだけだ」

「えっと……こう、ですか?」

「ああ、上手だ」

エアハルトさんの言葉に従って、足をその通りに動かす。

おお、なんとなくダンスっぽくなってるよ。あくまでも〝ぽく〟だけどね。

「……リン、とても綺麗《きれい》だ。それに、ドレスもよく似合っている。その髪型も、髪飾りも、首飾りも……すべて」

「あ……ありがとうございます。とても気に入っています」

踊りながら耳元でエアハルトさんに囁《ささや》かれ、ドキドキする。

くそう、低い声もいいじゃないか、イケメン貴族め。

髪飾りはエアハルトさんがダンジョンでプレゼントしてくれたものだ。ピアスとネックレスは、ドレスと一緒にユーリアさんが選んでくれたもの。似合うと言ってくれて、嬉しい。

「俺が最初からずっとエスコートしたかったな」

「今だってエスコートしてくれているじゃないですか」

聞きかえすと、エアハルトさんが苦笑いをした。

「そういう意味じゃないんだがな……。まあ、リンだし」

「どういう意味ですか⁉」

「ははっ！　リンだからって意味だが？」

意味不明なことを言わないでくださいよ、エアハルトさん。

「だいぶ動きがスムーズになってきたな。少し違う動きをしてみるか。リン、かかとを軸《じく》にしてくるっと回ってみろ。俺が支えててやるから」

「こう……ですか？」

「上出来」

腕をとられたまま、体をくるっと一回転。

そのあとは歩幅を大きくして動きを大きくしたり、少しずつ大胆に動いていく。

「ダンスは初めてですけど、楽しいです！」

「そうか、よかった」

「はい！　あと、パーティーもありがとうございます。まさかここまで規模が大きいものを開《ひら》いてくださるとは思っていませんでした」

「俺だってここまで大きくするつもりはなかったんだ。だが、みんなに話したら一緒に祝いたいって言われてな。それでこうなった」

最初は冒険者連中だけだったんだがなあ、とぼやくエアハルトさんに、つい笑ってしまった。

そのあとはグレイさんと踊ったり、「儂《わし》も踊るんじゃゃ！」と言ったマルクさんと踊ったり。

侯爵様たちとも踊ったよ。

まさか、冒険者のみんなまで踊れるとは思わなくて、びっくりもした。

踊って、飲んで、食べて、話して、また踊って。

夜がくるまで、楽しく過ごさせてもらった。

プレゼントは生クリームに始まり、上級ダンジョンの下層にしかない果物と薬草や装飾品。

他にも、タオルやひざかけ、毛布やクッションなど、従魔《じゅうま》たちにもプレゼントをくれた。

従魔《じゅうま》たちのことも考えてくれて嬉しい！

一生の思い出に残る、とても素敵な誕生日パーティーだった。


その一週間後。

私たちは正式にパーティーを結成した。

名前は『フライハイト』。自由って意味なんだって。

パーティーを組んではいるけれど、個人でダンジョンに潜ってもいいし、お店をしてもいいし、お互い助け合いながら自由に生きよう……という由来《ゆらい》だ。

私たちにピッタリの名前かも。


この世界に来て、半年ちょっと。

――アントス様、そして日本の神様たち。

私に新たな家族と仲間が増えました！

書き下ろし番外編

かけがえのない出会い（グレイ視点）

僕はSランク冒険者のグレイ。

それは冒険者として活動しているときの名で、本当はアイデクセ国の第二王子、ローレンス・グレイル・フォン・アイデクセという。

王太子でもある兄に王子が二人生まれたのをきっかけに、継承権を返上した。

将来、婚約者のユーリアと婚姻したあとは、臣下となって父と兄を助けたいと思っているけれど、今は冒険者として活動している。

そんなある日、ユーリアや冒険者仲間とダンジョンに潜ったとき、疲れから判断を誤ってしまい、僕とユーリアは怪我《けが》を負ってしまったのだ。

ユーリアは背中から腰にかけてと手足の指を欠損し、僕は左目と片腕、片足を失う大怪我《けが》をした。

瀕死《ひんし》の状態ながらも魔物を撃退し、残り少なかったレベルの低いポーションでなんとか止血したあと、軽い怪我《けが》ですんだ仲間と一緒に這《ほ》う這《ほ》うの体《てい》でダンジョンを脱出した。

そんな姿で城に帰ったものだから、それはもう両親や兄夫婦、重鎮《じゅうちん》たちに泣かれたうえに叱られた。城には神酒《ソーマ》の備蓄がなく、僕は一生歩けなくなることを覚悟するしかなかった。

現在、神酒《ソーマ》を作ることができる薬師はいない。

ダンジョンでごく稀《まれ》に出現するだけだ。だから僕は両親やユーリア、使用人たちに迷惑をかけることになると、とても落ち込んだ。

しかもユーリアも怪我《けが》を負っている。

あのときすぐに撤退していれば——と、今さらながら後悔していた。

そんな絶望的な状況の中、なんと、ガウティーノ侯爵から神酒《ソーマ》が献上されたのだ！

しかもレベル五という、ダンジョンでは出ない代物《しろもの》だ。

どこで手に入れたのか知りたかったけれど、まずは怪我《けが》を治せと両親に言われ、素直に頷《うなず》く。

神酒《ソーマ》を一口飲んだだけで僕の体は薄紫色に光ったかと思うと、一瞬のうちに失くした手足と目が復元され、過去に負った細かい傷までも治ったではないか！

「グレイル……、よかった……っ」

「まったく……心配ばかりかけおって……」

「母上……父上……」

治った怪我《けが》を見て涙を流す母と、涙を滲《にじ》ませ安堵した笑みを浮かべた父に、どれだけ心配をかけたのかと申し訳なく思った。

そのあとで、この神酒《ソーマ》を作ったのが平民の女性の薬師だと聞いて、場合によっては王家の専属薬師として迎えてもいいかとも考える。きっと両親も兄も重鎮《じゅうちん》たちも、そう考えるだろうと思っていた。

だが残念ながら、すでに冒険者と騎士団に神酒《ソーマ》を含めた上級ポーションを売る店を出す予定になっており、あと数日で開店するとのことだった。

おまけに商人ギルドとガウティーノ家、騎士団が後ろ盾になっているので、もう王家に取り込むことはできないようだ。

無理強《じ》いすることで、他国に移動されてしまうほうが困るから。

それならば王家も後ろ盾になったほうが得策だとして、貴族たちにはバカなことを考えないよう、徹底させるつもりらしい。

神酒《ソーマ》を含めた上級ポーションを売るとなると、後ろ盾がいくつあっても困らないはずだ。

僕も個人的に後ろ盾になろうと決め、ユーリアに話をしたところ、ユーリアも柔らかな笑みを浮かべて賛成してくれた。

「グレイル様、もう少しで歩けるようになりそうですの。そうしましたら、その薬師様のお店に連れていってくださいますか？」

「ああ。他にも上級ポーションがあるようだし、それも見てみようか」

「ええ」

嬉しそうに微笑むユーリアに、胸を撫で下ろす。

医師の許可が出たら薬師の店に行こうと約束をし、ユルゲンス侯爵家をあとにした。


その数日後、薬師の彼女が上級ダンジョンに潜るという情報を得た。従者や側近たちには反対されたけれど、薬師に会うだけで深い階層には行かないと約束し、装備を整えてダンジョンへと向かった。

怪我《けが》をしたあとだけに、魔物に対する恐怖――心的要因が出ないかと心配したがそんなことにはならず、情報をくれたヘルマンと無事に合流。

そこで初めて、リンと出会った。

黒髪に黒い瞳で、少女のような小ささに驚くと共に、ぴったりとくっついて離れないエンペラーハウススライムと、スライムの上にのるデスタラテクトがいることにも驚く。

しかも、彼女と従魔《じゅうま》の契約をしていると聞けば、なおさらだった。

従魔《じゅうま》を得る場合、魔力の相性が重要になってくる。

それはテイマーであろうと同様で、必ずしもテイムできるとは限らないのだ。

エンペラーハウススライムは薬師を好むといわれており、テイマーがエンペラーハウススライムをテイムしたという記録はない。王家に伝わる歴史を紐解いても、薬師が従魔《じゅうま》にしていた記載が数件あるのみ。

それほどにエンペラーハウススライムを従魔《じゅうま》にするのは難しいのだろう。

それなのに、リンはエンペラーハウススライムをテイムし、相当懐かれている。しかも、凶悪とすらいわれているデスタラテクトにも懐かれているのだ。

その光景はとても珍しいが、逆から考えればテイマーでなくとも従魔《じゅうま》を大切にすれば、良好な関係を築けるという証明でもあった。

驚きを隠しつつリンと話せば、最初彼女からは緊張や警戒心が見られたものの、慣れてくれれば明るく前向きに話してくれた。

ま、まあ、成人していると聞いて、とても驚いたが。

リンはいろいろなことをよく知っており、そのときいた階層で採れる貝類の処理の仕方と、ドロップ品を使った浜焼《はまや》きやアレンジとして他の調理方法も教えてくれた。

本来であれば秘匿するようなものもあるだろうに、そういったことを知らないのか、あるいは無頓着なのか。あっさりと教えてくれたことにも驚く。

あまりにもいい子すぎて騙されないか、心配してしまう。

孤児と言うことだが、リンはそんな暗さを見せることなく、従魔《じゅうま》たちと楽しそうにお喋りしながら、どんどん料理をしていく。

その姿に、王家で囲っていたら、この明るさは失われただろうなと思った。


その後、魚介類の食べ方を教わった僕は、リンから調味料を譲り受けたあと、第六階層で食材を大量に集め、王宮へと戻る。無事に戻ってきた姿に、両親や兄夫婦も安堵の顔をしていた。

挨拶をすませた僕は、そのまま厨房《ちゅうぼう》へと赴《おもむ》いて料理長に魚介と調味料を渡し、浜焼《はまや》きの説明をする。その調理方法を聞いた料理長は目を丸くしていた。驚愕《きょうがく》しながらも料理長は料理人たちに指示を出し、料理を作り始める。

その様子を見て、僕はそっと厨房《ちゅうぼう》をあとにした。

魚介を多く使ったその日の夕食は、とても美味しかったと言っておく。

それから数日後、外出の許可が出たユーリアを伴《ともな》い、リンの店へと足を運ぶ。

驚いたことに、本当に神酒《ソーマ》が売られていたし、上級ダンジョンに出るような上級ポーションも売っていたのだ。

さすがに万能薬とハイパー系まで売られていたのには、顔が引きつってしまったが。

だからこそ、商人ギルドやガウティーノ侯爵家が後ろ盾になったことに納得もしたし、改めて僕とユーリアも後ろ盾になろうと決めた。

ポーションを一通り買い、ユルゲンス家に戻ると、さっそくユーリアは神酒《ソーマ》を飲む。

すると僕のときと同じように体が薄紫色に光った。

「……っ、ああっ！　もう痛くないわ……っ！」

「っ、よかった……っ！」

腰と足の痛みがなくなったと、涙を流しながら喜ぶユーリアを、僕は抱きしめる。

この出会いがきっかけで、エアハルトたちとパーティーを組むことになり、貴族のゴタゴタに巻き込まれるリンを助けることになるのだが、このときの僕たちはそんなことになるとはつゆ知らず……

かけがえのない出会いだったと気づくのは、何百年も経ったあとのことだった。

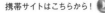

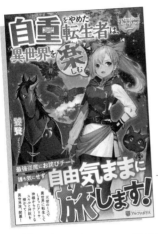

新感覚ファンタジー
RB レジーナ文庫

元敵国の将軍様が旦那様!?

レジーナブックス Regina

望まれた政略結婚

瀬尾優梨　イラスト：縞

定価：704円（10%税込）

サンクセリア王国の聖魔道士団団長フィーネは、王命により敗戦国の将軍と政略結婚することになった。相手は、なんとフィーネの初恋の人、ライル将軍！　大怪我を負った彼を介抱した過去を持つフィーネは、彼もそのことを覚えているのではと期待するが、ライルの方はどうやら記憶にないようで……

詳しくは公式サイトにてご確認ください
https://www.regina-books.com/

携帯サイトはこちらから！

本書は、2019年10月当社より単行本として刊行されたものに書き下ろしを加えて文庫化したものです。


この作品に対する皆様のご意見・ご感想をお待ちしております。

おハガキ・お手紙は以下の宛先にお送りください。

【宛先】

〒150-6008 東京都渋谷区恵比寿4-20-3 恵比寿ｶﾞｰﾃﾞﾝﾌﾟﾚｲｽﾀﾜｰ 8F
(株) アルファポリス　書籍感想係

メールフォームでのご意見・ご感想は右のＱＲコードから、
あるいは以下のワードで検索をかけてください。

アルファポリス　書籍の感想　検索

ご感想はこちらから

レジーナ文庫

転移先《てんいさき》は薬師《くすし》が少《すく》ない世界《せかい》でした2

饕餮《とうてつ》

2021年11月20日初版発行

文庫編集－斧木悠子・森順子
編集長－倉持真理
発行者－梶本雄介
発行所－株式会社アルファポリス
〒150-6008 東京都渋谷区恵比寿4-20-3 恵比寿ｶﾞｰﾃﾞﾝﾌﾟﾚｲｽﾀﾜｰ8階
TEL 03-6277-1601（営業）　03-6277-1602（編集）
URL https://www.alphapolis.co.jp/
発売元－株式会社星雲社（共同出版社・流通責任出版社）
〒112-0005 東京都文京区水道1-3-30
TEL 03-3868-3275
装丁・本文イラスト－藻
装丁デザイン－AFTERGLOW
（レーベルフォーマットデザイン－ansyyqdesign）
印刷－中央精版印刷株式会社

価格はカバーに表示されてあります。

落丁乱丁の場合はアルファポリスまでご連絡ください。

送料は小社負担でお取り替えします。


ISBN978-4-434-29610-9 C0193